INK INK INK INK INK INK
K INK INK INK INK INK IN
INK INK INK INK INK INK
K INK INK INK INK INK IN
INK INK INK INK INK INK
K INK INK INK INK INK IN
INK INK INK INK INK INK
K INK INK INK INK INK IN
INK INK INK INK INK INK
K INK INK INK INK INK IN
INK INK INK INK INK INK
K INK INK INK INK INK IN
INK INK INK INK INK INK
K INK INK INK INK INK IN
INK INK INK INK INK INK
K INK INK INK INK INK IN
INK INK INK INK INK INK
K INK INK INK INK INK IN
INK INK INK INK INK INK
K INK INK INK INK INK IN
INK INK INK INK INK INK
K INK INK INK INK INK IN
INK INK INK INK INK INK

K INK INK INK INK INK IN
NK INK INK INK INK INK I
K INK INK INK INK INK IN
NK INK INK INK INK INK I
K INK INK INK INK INK IN
NK INK INK INK INK INK I
K INK INK INK INK INK IN
NK INK INK INK INK INK I
K INK INK INK INK INK IN
NK INK INK INK INK INK I
K INK INK INK INK INK IN
NK INK INK INK INK INK I
K INK INK INK INK INK IN
NK INK INK INK INK INK I
K INK INK INK INK INK IN
NK INK INK INK INK INK I
K INK INK INK INK INK IN
NK INK INK INK INK INK I
K INK INK INK INK INK IN
NK INK INK INK INK INK I
K INK INK INK INK INK IN
NK INK INK INK INK INK I
K INK INK INK INK INK IN

INK INK INK INK INK INK
K INK INK INK INK INK IN
INK INK INK INK INK INK
K INK INK INK INK INK IN
INK INK INK INK INK INK
K INK INK INK INK INK IN
INK INK INK INK INK INK
K INK INK INK INK INK IN
INK INK INK INK INK INK
K INK INK INK INK INK IN
INK INK INK INK INK INK
K INK INK INK INK INK IN
INK INK INK INK INK INK
K INK INK INK INK INK IN
INK INK INK INK INK INK
K INK INK INK INK INK IN
INK INK INK INK INK INK
K INK INK INK INK INK IN
INK INK INK INK INK INK
K INK INK INK INK INK IN
INK INK INK INK INK INK
K INK INK INK INK INK IN
INK INK INK INK INK INK

中國歷代爭議人物 11

華北霸王

馮玉祥

張家昀◎著

前言

在幽黑的、潮濕的沼澤底層，堆積著歷來一層又一層動植物的屍骸，似乎注定要永遠暗無天日了，但是在極端朽敗中，會生出希望，火焰就從那兒騰起的。

古人觀察到沼氣（天然氣）燃燒的過程，寫出「革」卦（澤中有火），教我們在任何惡劣情況下，都不要放棄希望，中國現代史上的「革」命也是如此，往往行到山窮水惡處，又忽然生出一片天地。

清末到民國，是中國歷史劇變的時期，天崩地折、魚龍變化，因而奇材異能之士輩出，各具丰姿。即使如此，要找眼光之敏銳、手段之高妙，能夠跨越各個時代，而始終扮演要角如馮玉祥者，倒也不可多得。

馮氏特立獨行，向來吸引一般文人、專業史家的注意，加上他自己頗努力著作，中外爲之作傳者已多，巨細靡遺，其中頗不乏名家名著。我們歷史爭議人物系列篇幅有限，所以摒棄細碎的資料性敘述，專就不同立場、不同來源的史料加以排比、評析，這也是我們能夠再寫一本「馮玉祥傳」的理由。

馮玉祥以清末軍眷的出身，被鴉片、賭博、文盲、欺騙和債務典當包圍著，在這無法逃脫的漩渦中，他卻能卓然挺立，以驚人的努力和機緣，向上攀升。當他逐步成功之後，知道自己已經是鄉野傳奇的一部分，極力注意言行，並留下大量著述，因此我們得知他生平許多細微轉折處。

孫中山先生和馮的交往，或許對讀者有若干啓示。從民國七年起，孫先生不斷和這個從未謀面的「北洋軍官」通信、電報、派遣專人、贈書等，再三肯定鼓勵。孫先生逝世前的北方之行，也是馮敦促成行的，但中山先生眞的到達後，直到病危、過世，馮卻受北方其他諸將影響，未去拜謁，終其一生，未曾會面。

但是其後北伐軍興，馮玉祥在五原異軍突起，入陝、出關、血戰中原、直指北京，以五十萬大軍側擊直魯聯軍，發揮左右世局的作用，仍是從多年來一點一滴和中山先生及國民黨諸君交往發展而來的。

北伐後，諸將權勢到手，竟未能和衷共濟，全力建設，由猜忌而至分裂，兵戎再動，救國救民的初衷，一再扭曲變調，最後馮和中國其他多數的革命者一樣，毀譽參半，功過難衡了。

總之，以馮的精悍、努力，蓄勢待時近二十年，到大權在握，臨事一試時，仍禁不起歷史的考驗，讀史者能在閒談前塵興廢之外，凜然自問，當歷史交在我們手中時，我們眞能看得清楚，把持得住嗎？這才是本書最大的價值所在。

華北霸王

馮玉祥

目錄

【下篇】 是非爭議

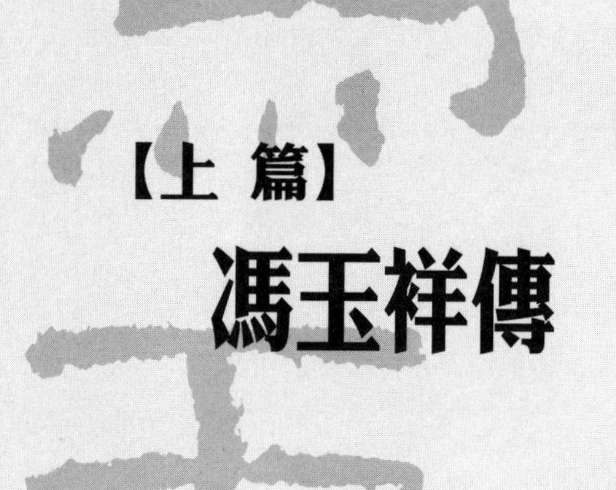

【上 篇】

馮玉祥傳

一、家鄉與家族

籍貫與先世

馮玉祥出生於西元一八八二年（清光緒八年），他的祖籍是安徽巢縣，馮氏家族自先祖有欽公起，由江蘇句容遷來巢縣竹坷村（竹坷村是個小村落，在縣誌上也沒有名字），在此已傳二十代，歷時數百年了。

關於馮氏的先世有兩種不同的說法，一說是「名門貴族」之後，另一種說法是「瓦工之子」，由於這兩種說法都是馮氏自己先後所說的，一般學者多採信後者。其實這兩種說法也可以同時並存，第一種可能是，他的遠祖曾顯赫一時，到馮玉祥父祖時，已破落不堪；另一種可能是，因爲他的父親馮有茂曾獲得清廷副將銜補用參將的資格，雖然他的實際職務，始終只是個哨官（排長），但是在墓誌銘、家譜等專述榮典的場合，已經是足以誇耀鄉里的榮耀了。

不論如何，這些飄渺的榮譽，除了鼓舞精神外，對馮家沒有太大的實質作用。馮玉祥祖父的身分也有兩說，一說是個佃農，一說是泥水匠，可能兩者兼有，在農閒時兼營工匠，我們看馮父也曾任泥水匠，又當過長工，可知做泥水匠確是馮家的傳統。如果沒有大戰亂，他們就這樣一代又一代的，靠著勞力賺取微薄的酬勞生存下去。

馮和父母、兄弟

太平天國之亂，波及到巢縣，馮玉祥的祖父在戰亂中去世，遺有四子：長子和三子學裁縫，四子是個佃農，馮父在家中排行老二，原來是做泥水工的，身體壯碩，而且頗有應付亂局的能力，不但背負母親走了很遠，又用扁擔挑著弟妹，救了自己家人之外，還救了兩個與父母失散的少女，得到「義俠」的美稱。亂事過後，他在一家張姓地主家中任傭工，由於兩位少爺習武，他也利用機會「偷學」，後來竟因此考上武秀才，兩位少爺則告落榜。

考取功名之後，在地方團練初試身手，表現不錯，獲得淮軍某提督的賞識，引薦他加入淮軍，馮父原名秀文，投軍時改爲有茂，馮有茂在軍中二十多年，爲人正直、武藝扎實、行軍絕不擾民，這些優點，都成爲馮玉祥的榜樣。他參加過平捻匪、平回亂等戰役，尤其以平金積堡之戰，表現特別剽悍，但馮有茂生性不喜逢迎，故官運不濟，雖然多次因功保舉虛銜，但始終未獲補任，自從一八七一年（同治十年）起擔任哨長（排附），到了一八九七年（光緒二十三年）才升爲哨官（排長），前後做了二十六年的哨長。

在此期間，馮有茂也曾盤算過，與其遙遙無期地等待陞遷，不如趁著「銘軍」解散的空檔，一方面回巢縣老家探望老母親，另方面再參加武舉考試，那時馮有茂已經成親，他在一八七二年（同治十一年），即出任哨長的次年成婚，娶妻濟寧游氏，也就是馮玉祥的母親，並生有長子基道，一家三口南返老家住了四年，祖母甚是歡喜，並將長孫喚作「北寶」，但是，馮有茂繼續參加更高層次科舉考試的機會終於錯過了，其原因不得而知，或許是他母親在這些年中過世，必須避諱的緣故。

母親逝後，馮有茂仍回濟寧，任職淮軍，此後他爲了生活，再也沒能力返鄉參加科舉，後來次子基善（即馮玉祥）出生，即取乳名科寶，就是爲了紀念一去不回的科舉機會。科舉時代，必須在原籍參加科舉，所以馮父的就業和科舉不能兩全，以後馮玉祥生於山東濟寧，長於直隸保定，說話全是保定口音，仍祖籍安徽巢縣。這是中國古代「三代改籍」的辦法，例如馮父始居保定，經馮玉祥，到馮玉祥的兒子馮洪國（馮父的墓誌銘上作宏國），才能改籍直隸，這和現在居住在台灣的各省同胞，仍稱「外省人」，到外省人第三代，始可稱為「台灣人」的原理是相通的。這也可以解釋，為什麼馮玉祥籍貫安徽巢縣，並不是「皖系」，而在北洋軍系中始終參加「直系」，也是因為他完全是在直隸省長大的。

返回山東濟寧任所，馮有茂妻游氏的娘家，也因亂事散去，不知所蹤，事隔五十多年以後，馮玉祥失敗下野，在泰山隱居，又想起外祖母家舊事，而託人找尋，才找到游家幾位舊人，離亂至此，深可哀痛。至於安徽巢縣的老家，馮玉祥更是印象全無，直到民國二十六年，他五十五歲時，才首次回到老家探望一番。

馮有茂與游氏曾染有鴉片煙癮，後來因為家中開支無以為繼，多次堅決戒煙，父母二人痛苦戒煙的情景，使馮玉祥大受刺激，終生為禁絕鴉片而奮鬥。一八九一年（光緒十七年），馮玉祥十一歲時，母親游氏因生產七弟而致病，終致不治身死，死後葬於義地，僅有柳木薄棺一副。

有茂及游氏育有七子，長子馮基道，字治齋，長馮玉祥八歲，幼時曾讀過五年多的私塾，十七歲那年，補了李鴻章保陽軍馬隊騎兵缺，這是當時馮父所能爭取到最好的缺了，此後改隸第四鎮，又調赴山東任稅局及曹州府縣衛隊等職，對二弟照顧不少。民國十三年，馮軍得意於北京，馮玉祥的兄長也跟著受到照顧：晉升陸軍少將，不久，又發布為京綏路警務處長，晉升陸軍中將，後轉任文官，晚年退居天津、北平間。基道育有宏業、宏儒二子，宏儒早殤。另記抗戰期間，基道之子「文麟」，協助馮玉祥開設桂林「白屋書店」，文麟畢業於廣西大學化學系，是否即宏業，不得而知。

馮玉祥另有兄弟五人，都因為環境衛生太差，而先後夭折，據說三弟曾活到「很大」，但仍告早逝。

除了家中屢遭不幸外，馮有茂的官運也很差，在他升為哨官並且兼營副那一年冬天，因為騎馬赴城裡，參加「上衙門」的例行聚會而摔傷，不久又合於「老弱病號」的裁汰原則，而被裁撤，只得鬱鬱南歸。馮有茂自稱他曾參加「理教」，一般稱為「在理」，是一種戒絕煙、酒、賭博的道德宗教團體，從此更謝絕應酬。平日則敬奉佛教，一般民間信仰王爺、蛇神等，也都在敬拜之列。

馮有茂回鄉住了七年，這段期間兩子都能先後自立，分別迎養，然而為時非常短暫，馮有茂在馮玉祥安排的住處，住了三個多月，這是一位四十多歲的馬姓雜貨店老闆家中（此人因敬佩馮玉祥愛護士卒而主動與他結交，曾換帖結拜兄弟），馮則每日買些肥肉及鴉片孝敬父親，同年冬十二月，有茂患肺病咯血而亡，享年六十。與馮母一樣，仍葬保定的安徽義地，不過這時情形已漸好轉，兄弟二人合力買了一百五十兩的棺木。民國十一年，馮任河南督軍時，請長兄在保定買了五畝故地，將父母取出合葬，到十三年完工，並請了名家撰文及碑刻，一時頗爲壯觀，馮母的柳木棺材，出土時已見風而化。後來馮玉祥與張作霖交惡，保定墓地也落入奉軍手中，張作霖曾遣人挖墳，這種下流的動作，本是中國人互相仇視時常見的手段，不過幸有美國友人仗義執言，墳墓幸得保全，不過墳前被挖了一個大坑，樹木、碑碣也都遭破壞，北伐成功後才又重修。

馮父這樣一位淮軍最起碼的小軍官，對於在民國史上掀起軒然巨波的馮玉祥，起了極大的影響，以後他每遇到官位煌煌的人物，總拿來和他父親比較一番，覺得這些所謂「大人物」值得敬重的實在不多，也就「說大人則藐之」，一再向權威挑戰，成爲馮玉祥一生最突出的標誌。

馮和妻兒子女

馮玉祥既從基本的目兵做起，當然需要有無數個協助他向上攀升的力量，他的先後兩次婚姻，都帶給他莫大的助力，馮的第一位妻子是河北鹽山縣城外尙家宅的劉氏，尚家宅尚姓居民有一百三十多家，姓劉的只有幾家，但是因爲親戚牽引，先後都嫁得軍官。先是馮的長官陸建章娶了尚家宅劉家小姐，陸夫人又介紹同族姪女給馮玉祥，以後馮夫人又介紹本家一位堂妹給西北軍的將領石敬亭，再加上一位閻相文夫人，總計民國十幾年中，有四位陝西督軍夫人，是出身尚家宅的。

這次結婚帶給馮玉祥若干方便，使他和陸建章、閻相文多了一層姻親關係，但結婚的費用無從籌措，全靠大哥基道的資助，當時他大哥的能力也有限，連座騎也賣掉了，才能來主婚。結婚這年一九〇五年（光緒三十一年），馮父已死，馮玉祥二十四歲，同年他升爲隊官（連長）。

婚後兩年，馮玉祥奉派前往東北，大哥基道又差人送來大洋三十元給弟媳爲搬家費，以便家眷能隨軍前去。另送銀五十兩，給馮做旅費，馮玉祥卻將這兩筆錢，大部分發給兵士、部屬，只留下十元給妻子，並且送她到南苑依其叔父。馮玉祥在東北升任督隊官，每每有餉則寄回南苑。當時生活費廉宜，馮妻除生活費外，開始逐年積蓄，並先後在北京買了七、八所房子，以爲產業。這批房子，後來頗發揮了救急的功能，十年後（民國六年），馮失掉旅長之職，將房屋抵押得五千元，持之求見陸軍次長傅良佐，適逢「復辟」之役，效力疆場，才得以重登軍政舞台。光緒三十四年大哥又遣人護送馮妻到東北奉天新民府團聚，不久，在該地懷孕，而生下長子洪國，洪國因爲在東北出生，乳名「東生」。劉氏與馮氏婚姻維持了十九年，最後仍以房產反目。民國十二年馮玉祥任陸軍檢閱使駐軍北京城外時，由於餉械被扣，羅掘俱窮，最後又動了妻子所購房屋的念頭，根據馮氏舊將劉汝明回憶錄稱，馮將房子「免費讓給愛將石友三、韓復榘及孫連仲、孫良誠居住」，馮妻自然大爲不滿，劉汝明以爲劉氏是爲此事抑鬱得病而死。另據簡又文所著《馮玉祥傳》則稱，係患腦脊炎而死，一開始請中醫診治，方向錯誤，及至發現病因，已經無法挽救云云。

當時一般流傳以及他政敵的宣傳，說馮玉祥「以細故微嫌，迫死其糟糠之妻」，毛以亨的《俄蒙回憶》則直說是被馮一腳踢死。毛書並不可靠，但馮玉祥性格暴烈、手勁極大，挽得動一百四十斤的石鎖，盛怒之下，也不無毆妻的可能。

實際情況不得而知。元配劉氏病後，曾送到北京協和醫院就醫，無效，卒於家中。劉氏生活儉樸，常在軍中服務，擔任「培德女學」的負責人（按：培德女學爲官員眷屬的學校兼工廠，是馮氏軍中一項政績），軍中咸稱大姐，及歿，全軍爲之舉哀，悼念不已。

劉氏死後，所遺三子二女一度送往大哥家，交大嫂代爲撫養，後來再婚後仍接回同住，尤其是長子洪國，已經就讀天津南開中學（一說是北京匯文中學），後母李德全又極嚴厲，所以眉宇之間常帶哀怨之氣。民國十五年，經蒙古、俄國、赴德國習陸軍，回國後在南京任職，後奉馮命，娶女醫生鄭推，因興趣不合，生活極不愉快，夫婦分居。二十五年另娶日女若尾子，馮聞知大怒，將洪國綁在樹上，怒打至棍斷數支，後來舊屬鹿鍾麟等求情，才免除一死。洪國受責後，赴北平仍住大伯家，以後投效二十九軍，抗戰時在李文田麾下任團長，頗勇敢。洪志留德習機械，後在美任職工程師，自行創業「泰山工業公司」，馮晚年遊美時，洪志曾相聚數日，遭李德全設計挑撥而去。七十一年曾返大陸參加馮玉祥一百周年紀念活動，並致函蔣總統經國先生。另子姓名生平不詳。

劉氏所遺三女，名爲弗能、弗伐，另一名不詳。幼時生活清苦、恐慌，頗遭李德全苛待，其中一人嫁史姓軍官，抗日時已官拜某單位參謀長。長女弗能讀培德女校、範貞學校，民國十五年隨父轉往俄中山大學、英國倫敦大學留學，返國後居北平，六十七年去世。弗伐生平不詳，至民國七十年尙存。

馮的繼室李德全名氣甚大，河北通州人，是中國第三代基督徒，她的祖母和叔父曾在義和團之亂時遇害，畢業於教會所辦的「貝滿中學」，及北京「匯文女子大學」

（後併於燕京大學），才學識均優，其時正擔任北京女青年會幹事（或云總幹事），馮妻劉氏逝後，馮玉祥正當四十三歲盛年，說媒者絡繹不絕，曹錕也想派人前來說媒，馮李訂婚後，作媒盛況才告結束。民國十三年二月十九日，兩人在北京教堂結婚，李德全性情儉樸，能力亦強，與馮結婚後大展長才，除了繼續辦理眷屬教育外，舉凡基督教傳教、社會服務工作均甚熱心。

後來思想左傾，在馮氏赴俄求援時，已祕密加入共產黨，李在馮身邊漸發生影響力，將老幹部斥逐殆盡，又招集一批年輕共黨分子，以馮的身分作爲掩護，進行活動。

李育有二子三女，長女民國十三年在北京出生，滿月後李即隨馮上天台山隱居，次女十五年生於蒙古庫倫，三女出生地不詳，三個女兒分別名爲馮理達（或作李達）、馮穎達、馮曉達（或作小達），其中理達最有成就，在齊魯大學攻免疫學，隨父赴美，與同行的羅元錚戀愛，羅肄業於四川華西壩大學，馮玉祥得知後曾大怒，驅羅而去，不久又回心轉意，在美國某處荒原上，召兩名過路美國人證婚，命二人完婚。後理達在美、俄等國習醫，回大陸後積極結合中醫針灸、氣功與免疫學，功效甚著，成爲國際知名專家，任大陸免疫學會理事長、廣州氣功監督中心氣功免疫部負責人等職。穎達生平不詳，曉達則在馮遇難時，同被火燒傷致死，李德全另育有二子，其一為洪達，曾隨行赴美，另一名不詳。總計馮子女十人，男女各半。

民國十三年，李德全即發揮她的影響力，因為她和奉軍新崛起的郭松齡夫人是貝滿中學的同學，聯絡郭松齡，密謀推倒張作霖不成，反而引起奉直聯軍，共攻國民軍，終至全軍慘敗。

馮氏多疑善變，權威性格特強，常以自己的所作所為要求他人做到，非有超強的忍耐力，不能與之相處，李德全能和「任何人都不能與之相處」（戴季陶先生語）的馮相處二十二年，也並非全無芥蒂。馮氏在抗戰期中，困處重慶，據傳曾和參謀韓復達的女兒戀愛，因而和李德全反目，最後鬧到分居；也有人說這次戀愛事件是馮、李設計的，讓中央覺得馮已經墮落，才會批准他赴美考察的計畫。後者的可能性不高，批准赴美後，馮李又告復合，李陪伴馮到死為止，不愧是馮一生最得力的紅粉知己。李德全通英、俄文，是馮接收外界資訊的重要來源之一，不過多半經過她的檢選。

馮玉祥死後，國共內戰擴大，李德全加入共黨行列，努力鼓吹西北軍舊部投共，也發生了部分效果，但也有時遭到嚴正拒絕。李德全之弟李連海，陸軍大學畢業，在西北軍服務過，主持馮往來電文，此時又奉姊命遊說各將，曾遭劉汝明斥逐，劉汝明雖百般避嫌，仍因此而遭猜忌，來台後遭全員解除武裝，人員解散，從此不再帶兵。

李德全在共黨占領大陸後，曾任衛生部長。多年後始公布她的資深黨齡，其隱忍功夫，已非一般人所能想像。

二、早期軍旅生涯

時代背景

馮玉祥出生於一八八二年（光緒八年，壬午，肖馬），到筆者寫作本書時一九九〇年（民國七十九年，庚午，肖馬）恰爲一百零八年，這一年正是世界和中國關鍵的年代，英國併呑埃及，進擾蘇丹，蘇丹人誓死抗拒，使得英軍損兵折將。數年後，傳奇英雄戈登也戰死該地，英國國內反對帝國主義聲浪漸高，終於停止造艦，從此英人在世界的超強地位逐漸滑落。

在中國，以英國爲主要交涉對象，由曾、左、李等名賢所主持的「自強運動」，也達到他們功能的最高峰。北抗強俄，收復伊犁，南抗法軍，在越南相持不下，東拒日本，出兵朝鮮，此後盛極而衰。曾左凋謝，李氏腐化妥協，中興夢想一閃而逝，中國淪入更大的悲劇漩渦中。

在這樣狂暴的、急驟變幻的時代，自然奇人輩出。在外國馮氏比畢卡索小一歲，在國內他和宋教仁同年，比蔣公大五歲。

軍眷生涯

馮父早年參加劉銘傳的銘軍，屬於李鴻章系統，根據馮氏自己寫下許多親切有味的回憶，可以勾繪出一般中下級軍官眷屬生活的情形。

從七、八歲起，到十一歲，大約有三、四年的時間，馮玉祥每天在找尋燃料或牲口的飼料，像中古時代一樣，草原、林地被村莊小心地保護著，成為村民共同的副產品來源。春天，兒童們找尋黃草（可能是一枝黃花），作為馬飼料並可做解熱藥物。夏天，在小麥田、高粱地拔除多餘的葉子，可以讓養分直通穗部，酬勞則是每個人所拔下的枯葉，而這些枯葉竟然還成為拚命搶奪的目標，即使頭暈、口乾，渾身痱子，孩子們也不敢落後。冬天他們則用粗壯的樹枝去樹林中投擲，碰斷落下的枯枝，則作為燃料，落葉也是重要燃料，用尖細木棍不斷地把落葉刺成一串，收集起來。

青黃不接的時候，則要上當鋪典當衣物、鋪蓋，加上賒欠雜貨店等，飽受被剝削之苦。即使如此，軍眷的生活，和真正農民的生活，還是有很大的差別。我們看到軍眷婦女並不做鞋子，而是去買「二鞋」（經過翻修的舊鞋），並吸食鴉片、吃水果、買肉絲麵、吃油條，每年爲孩子添製大褂子，可見有相當的「貨幣經濟」行爲，婦女操作也輕鬆得多，所以一旦從農村中釋放出來，成爲軍人或眷屬，很少有人再回去做農民（除非成爲地主），這是一條不歸路，軍中閒暇既多，弊端也就叢生，最普遍的有好賭，欠下賭債以致被迫犯罪，甚至鬧出命案；嫖妓，染上性病而喪失生活的能力；其他如聚衆鬧事、鬥毆、飲酒等，做一名軍官，收入比農民（自耕農）要好得多，但是他們有太多地方必須支用「現金」，以及多多少少會沾上一些惡習，反而絕大多數都在欠債中度日，以債養債。馮家自制能力較一般人爲佳，竟也淪入這樣的惡性循環之中，可見環境對人影響力之大。

馮玉祥很早就露出適合做一名出色軍人的形貌，他的身材壯實，童年時已是打遍十三村無敵手的打架能手，踢球也極出色，這都是他後來嶄露頭角的本錢；十一歲到十二歲，讀過一年多的私塾，成爲他一生唯一受過的正規教育，使他稍識「之無」，對他早年的軍旅生涯，都有點幫助。

練軍與淮軍

馮玉祥十一歲起，因爲父親的關係，就不斷被列在候補兵士的名單上，到十二歲終於成功地補上了兵士，補兵的長官姓苗，或說是個哨長，或說是個管帶（營長），以後者可能性較大，這是保定五營練軍，有名的「父子兵」。因為補兵的時間緊迫，這位長官隨手寫了馮玉祥三個字補在名冊上，馮在族譜上的名字原是「基善」，從此他又有了一個新名字，十年後，他離開淮軍，改投袁世凱的新建陸軍，保薦軍功時，又創造了一個「御香」的名字，再十年，辛亥革命後，他官至營長，才恢復「玉祥」之名，總之，在他前三十年的生涯中，使用基善、玉祥、御香三個名字約各十年左右。

在腐化的軍營中，馮玉祥學到很多寶貴的經驗，這段經驗很像孔子所說「三人行必有我師」，留下好傳統，而揚棄壞習性。壞習性不外是吃、喝、嫖、賭、閒散，馮氏極能自制，設法遠避。優秀的傳統是中國武術，摔角、劈刀、舞弄石鎖，都是他從小練習慣的，還有一種叫作「跑墳頭」的本事，人躍在空中時，蜷縮成一團，落地時不易受傷，有點像柔道的「護身倒法」。

這些鍛鍊持續了很久，據馮自己說，他一直到五十多歲，在南京擔任軍事委員會副委員長時，還練習石鎖不輟，以後西北軍以體育見長，將領可空手扼殺敵將，大刀隊揚威戰場，都是從這條線索發展而來的。

軍中有些武術好手，馮極為仰慕，並與他們結交，較重要的有同哨的馬老殿（外號），號稱「保定府拳腳第一」，另有保定開餃子店的平老靜（外號），這些人在中國傳統社會中，沒有什麼發達的機會，多半抑鬱以終，到了馮氏飛黃騰達，軍中凡有技藝超群者，必加以重用、擢升，這一方面固然是幼年時一點抱不平心理的反映，另方面對於凝聚兵士向心力，提高戰技水準，都有相當大的作用。

除了戰技的練習，就是練字、看書，上述曾提及馮在入伍前念過一年多的私塾，稍能識書，以後又跟賈少書練字，馮的直屬長官——正目劉賀堂（外號劉老喜），是馮父的多年老友，也是兵士們所佩服的人，他善說《三國演義》，更具啓發性的是，劉原是個目不識丁的文盲，經過刻苦自修，而能順利看書，馮也極力效法，一開始讀《施公案》、《彭公案》等清代小說，稍有成績，又向《三國演義》挑戰，經過一番奮鬥，又告成功，這固然是他才智過人，也是他稟性剛毅，才能有此成績。以後隨著他學識的增長，帶給他更大的地位和權力，一直到他無法負荷爲止。

馮玉祥在練軍期間，逐步加強他文、武兩大資產，也展露出他另一項過人之處：機巧善變，長於分析情況，當兵難以出頭，但當「教習」則有一線機會。所謂教習，就是代長官喊口令，既有這一線希望，馮就全力以赴，不顧同仁的取笑，在凌晨早起、平時走路時，都不停練習。他喊口令的聲音，甚至不因農曆年的鞭炮聲而中止。

大約三十年後，西北軍接受國民革命軍番號，在五原整頓期間，適逢新年，全軍又表演了一次，用喉嚨代替鞭炮，噼哩叭啦大喊一通的趣聞，算是與幼年時的經驗遙相呼應。

清末戰爭甚多，馮氏掛名入伍的次年，甲午之戰時，就隨父前往天津，參加修築大沽炮台——這是一座令人驚異的巨大工程，可以安置數百門大炮，以後竟在義和團之役後，隨手資敵，這兩年讓馮氏對行軍、紮營、構工都有相當認識。

六年以後，又逢義和團之亂，練軍漫無紀律，夜間行軍，火光燭天，猶如提燈大會，夥同義和團攻教堂，遇敵先潰，軍械糧餉全失，馮與同伴沿途躲藏，依靠親友的掩護、資助，才能逐步返回部隊報到。亂後，練軍奉命改隸淮軍，李鴻章既死，淮軍更加無依，馮雖如願升任「教習」，但更上層樓則遭到阻滯，這時，袁世凱的「新建陸軍」，號稱勁旅，頗受朝野重視。馮也躍躍欲試，想去新環境一試身手，但是也很可能因此喪失了奮鬥幾年才得到的「教習」一職。回頭做「目兵」，對二十一歲的馮玉祥而言，這是一項有風險的投資，他毅然決定去做了。

但是，要脫離久已熟悉的部隊，去投奔新環境，畢竟不大容易，馮玉祥仍拿出苦讀的辦法，開始研讀武衛左軍操法、陣法，新建陸軍七項等書。可憐，這些專業書籍哪是他的學歷所能應付的，十句裡面，看懂的不到三句，到處求教，也沒人指導，弄得十分沮喪。

結果，同棚另一位兵士，各項條件都比馮差了很多，毫無準備卻輕易地補兵成功，這件事大大鼓舞了馮玉祥前往武衛右軍的決心。

新建陸軍

就像無數活躍在民國初年的軍閥一樣，馮氏參加新軍的日子，是決定他一生前途的起點，光緒二十八年（一九〇二年）三月二十日，經由李姓友人的介紹，加入新建陸軍（簡稱新軍），這支軍隊，由直隸總督兼北洋大臣統領，餉械由天津海關收入項下撥付，所以又稱為「北洋軍」，半獨立的軍事領袖則稱「北洋軍閥」，馮氏投軍時重新由目兵做起，所以發達的時間，比起北洋其他諸將為晚，過程也特別艱辛。

新建陸軍號稱「新軍」，有幾件事確比淮軍高明：第一，全軍的下級軍官幾乎都會「喊操」（發口令），所以馮賴以增加收入的「教習」一職，也就無從發揮了；再者，新軍注重打靶，必須實做不能應付，所以淮軍私賣火藥、賺取外快的小收入也沒了。

但是新建陸軍兵士的素質，並沒有提高多少，仍然是由舊有軍隊中吸收而來的，淮軍舊人去投奔的不在少數，所謂「千里爲官」，不過是追逐糧餉而已，袁世凱既爲李鴻章的接班人，自然水漲船高，先後多次擴編，馮氏是兵士中出類拔萃的人才，獲得擢升的機會也大得多，這是馮父一生都沒有碰到的機緣，卻在兒子身上發生了。

馮氏繼續在練軍、淮軍時代的習慣，每天大清早就起來持槍教練、練跑、讀書，八個月以後被升爲副目（副班長），當時一棚共有兵士十六人，除了正、副目外，另有十二名兵士，加上伙夫、長丁組成。全隊共有六棚，七十二名正兵，只有六個副目，出缺的機會不多，幸好遇到軍隊大肆擴張，補兵二十營，這才有機會連帶升遷，馮氏首次擔任正規幹部，大受鼓舞，更加努力。但該棚的兵士不服，丁姓正目更是百般刁難，適有兩名兵士染患重病，馮玉祥悉心照顧，經過兩個月治療，竟告痊癒，這件事使得全棚兵士大爲感佩，消息哄傳市上，並有一位馬姓地主、商人主動與馮結交，互換金蘭帖，以後馮玉祥迎養父親，即借住在此人家中。

次年，距升任副目不到半年，又升任正目，離職時全棚跪留，且向哨官陳情，這時馮玉祥已經流露能夠得軍心的「領導統御」能力。於是操練益勤，每試皆獲第一，獲得保薦六品軍功，並被簽報者寫成「馮御香」，以後遂使用此名近十年之久。御香二字，源出「朝罷衣冠沾御香」，有著濃厚的帝王崇拜精神，這時候的馮玉祥，還不知道革命為何物，滿腦子都是忠君愛國的思想。

同一年年底，馮又升為哨長（排附），頗得部屬的愛戴。

這時正是新建陸軍全力練兵時期，軍中頗有朝氣，光緒三十一年（一九〇五年）武衛右軍改編為第六鎮（師），日本維新數十年，不過六個師團，袁世凱手中兵力，也有了六鎮（師），一時頗遭嫉視，但袁仍一意向前，嚴格要求幹部，並策畫兩次大規模的演習（秋操），來驗收練兵的成果，消息傳來，人人振奮，力求表現。

第六鎮的統制是段祺瑞，是北洋三傑中「龍、虎、狗」的虎，為人精明幹練，屬下三位協統（旅長），分別是陸建章、何宗濂、王化東，也都是一時之選。直屬長官王化東，每日要求學、術科考試，馮氏常考第一，同年七月，升為哨官，距升哨長不過半年。

更幸運的事來臨了，模範軍第六鎮，負責保護慈禧巡行時的警衛，結果有一名百姓，攔駕喊冤，他事先穿上衛隊衣服混入行列，而請願成功，這叫作「衝撞聖駕」，罪名不輕，段祺瑞被記過，該隊隊官降級，因而出缺。消息傳來，各單位保薦者絡繹不絕，段祺瑞為求公平，決定公開考試。結果由四十八隊，每隊選出一位哨官參加考試，題目是「遇戰、遨戰、半遨戰，各要領如何？」結果馮御香（馮玉祥）高中第一名，於是升任隊官（連長）。直屬的回富興管帶對這項任用極不高興，但也無可奈何，馮玉祥又遇事力爭，曾爲開除回管帶的親信正目，和管帶鬧僵；另外原來的隊官，則降級在他隊中擔任哨官，心理極不平衡，在這雙重壓力下，又要把一隊（連）的官兵帶好，的確是一件極爲艱辛的工作，西北軍舊將劉汝明說得好：

軍隊裡連長（即隊官）一級最不好幹，事情也最繁雜，團長只要管三個營長，充其量管十二個連長，營長也只要管好四連長就行。連長則不然，一百多個士兵，都要和你直接發生關係……連長當得好，他一定有辦法；連長當不好，一定就不能帶兵。（《劉汝明回憶錄》）

連長（隊官）一職既是軍界幹部的試金石，馮氏自然全力以赴，歷經河間、彰德兩次秋操（演習），馮氏事事身先士卒，考績全鎮第一，總算上下同心，把隊官這一級站穩了。

自從他加入新建陸軍，不到三年，就從一名目兵，變成一個隊官，超越了他父親花了一生才達到的最高軍階。馮有茂在能夠親眼看到次子步上坦途後，欣慰去世，此後的旅程，便完全靠他一個人去摸索了。

灤州起義

外在的變局，影響到新軍的調派，當然也影響了馮玉祥的行蹤，先是，義和團之亂後，俄國聯絡三國干涉日本歸還遼東，日俄因此對立，俄軍進駐東北，久久不撤，於是在光緒三十至三十一年（一九〇四～一九〇五年）雙方兵戎相見，日本海陸軍都獲得決定性的勝利後，日俄兩國改採外交方式解決，終於在光緒三十三年（一九〇七年）達成協議，共同瓜分在東北的權益。

在北京方面，也並非坐以待斃，袁世凱既掌握軍政實權，派遣袁氏親信徐世昌擔任東三省總督，率部分新軍前去抗俄拒日是相當合理的安排。

徐世昌則簽報率吳祿貞同行，吳氏是湖北雲夢縣人，清末極活躍的革命家，他不僅是同盟會的一員，更參加過畢永年、唐才常的「自立軍」之役，湖北所練的新軍和革命團體都和他關係深厚，在民國前十年，就埋下了武昌首義的種子。此後他壯遊西北，鼓吹革新，被守舊地方官押解回京，此次徐世昌赴東北，又指名要他同去，掛名軍事參議。

當時東北才開放墾禁不過二十多年，地方官力量薄弱，倒是馬賊橫行，實力強大。吳祿貞率少數隨員，竟利用馬賊的關係和實力，辦了一次漂亮的外交，收回已被日人齋滕中佐所墾占的延吉府臨江一帶（日人故意稱此地為「間島」，意思是中立地帶或未定界），吳則因功升為協統（旅長），後來又升為統制（師長），控有第六鎮，這是清末革命黨人最高軍階。

吳祿貞既是個傳奇英雄，又是新軍直屬長官，兼為革命的前輩。在他影響下，第六鎮裡面中、下級軍官，就蓬蓬勃勃組織各種團體，聯絡同志，以後灤州起義的王金銘、施從雲都是此時結識的，當時在東北有新軍第三、第五、第六各鎮的一部，也都互相激盪，互相影響。馮玉祥原先愛看《曾國藩家書》，光緒三十四年（一九〇八年），光緒帝和慈禧太后相繼去世，馮玉祥痛哭流涕，並留髮守制，一如喪父之時，痛罵不肯持喪的人為不忠。到了次年（一九〇九年），曾國藩這個偶像也被打倒了，而改看《嘉定三屠》、《揚州十日記》，馮玉祥的排滿革命思想，由此萌芽，但是他和多數支持辛亥革命的人一樣，對於革命以後，要如何建設，卻沒有多少概念。

清廷眼見新軍漸不受控制，想要進一步抓回軍權、政權，於是袁世凱下野，東三省總督細心周到的徐世昌下台，改爲傲慢無知的錫良，中央更是親貴用事，大失民心，幹練的協統王化東也被排擠去職，改任昏瞶荒唐的潘榘楹，不到半個月，就弄到軍中公然賭博，軍紀蕩然。

軍隊仍在迅速擴張中，原來王化東所帶領的第一協，擴充爲混成協（獨立旅），此時再擴大爲第二十鎮，由陳宧擔任統制，參謀長爲劉一清（原爲吳祿貞參謀），陳宧是北洋將領的後起之秀，辦事認眞，因此潘協統所信任的幾位營長大起恐慌，結果在考試時串通作弊，被查獲撤職，馮玉祥則因考試第一，擢升爲營長，陳宧詢問馮的出身，得知是行伍出身，特別在卷上批「氣死學生」一語，而哄傳一時，陳宧擔任統制爲時約一年，改由張紹曾接任，張也是開明軍官，但對革命並不積極，革命後左右爲難，避居天津，宣統三年（一九一一年）奉天新民府大水，軍隊全力搶救巨流河水患，有兩位營長怠忽職守，被撤職查辦，模範軍官王金銘、施從雲（當時都是營副）因而升任管帶（營長），水後又發生黑死病，疫情甚慘，民心浮動。

武昌起義，消息傳到東北，總督錫良已於數月前去職，新上任的趙爾巽頗有權謀，他眼見新軍將領們態度猶疑，就將馬賊投效的巡防營統領張作霖倚爲心腹，新舊軍官一起會議時，總算模糊地通過了「保境安民」的中立態度，革命派軍官則認爲是一大挫折。武昌革命軍勢大，清廷再度起用袁世凱，又將第三、二十鎮調入關內，大家都希望利用混亂起事，但眞心革命者爲數甚少，人數分散，而造成灤州起義的悲劇。

辛亥時北洋軍中傾向革命的部隊，除了吳祿貞統制、藍天蔚協統外，另有二十鎮一批中、下級軍官，吳祿貞被調往山西攻打民軍，他按兵石家莊，並且不接受袁世凱的節制，被袁買通他的部屬，將吳刺死，革命力量爲之一挫。

王金銘、施從雲會同第三營的張建功在灤州起事，袁世凱是個有能力的人，他對付不受他指揮的革命力量，是極其殘酷的，先派通永鎮守使王懷慶前去撫慰，王、施等人則企圖挾持王懷慶，共同參加起義擴大聲勢，竟被王以快馬逃逸。再調集淮軍及巡防營來攻灤州，進攻部隊雖有數千人，但戰鬥力不強，王、施兩營不足千人，但毫不懼怕，傾力出城迎戰，不幸灤州城又被張建功出賣奪占，失去後路，民軍登車，鐵路又被挖斷，前進不得，參謀長白毓崑率突擊隊撲王懷慶駐所，又被王事先察覺避過，突擊任務也告失敗。王金銘等企圖死中求活，答應王懷慶和談，帶革命核心人物一百餘人，直往王懷慶營所，誰知王本人避不見面，反將王金銘等人全數捕獲，爲首的十四人經袁世凱指示槍決，其餘監禁。

灤州起義失敗和吳祿貞石家莊被刺兩事，對革命前途影響甚大，從此以後袁世凱宰制華北，使得革命力量多年後仍無法到達北方。

馮玉祥在民國十三年占領北京，曾建銅像紀念王金銘、施從雲、白毓崑三烈士，不久馮軍失敗，又被張宗昌所拆毀；十七年北伐時，再重建紀念銅像，正如其中一位灤州起義的烈士所留下的絕命詩：「須知世界文明價，盡是英雄血換來。」

馮玉祥則因爲事先參加王金銘等人的策畫，早被列入監管的名單，當時駐軍海陽，一天標統（團長）藉口找馮去擬電報，到達團部後，將他收押起來，囚禁四天以後，灤州已經兵敗，又因爲陸建章的營救，被批了「遞解回籍」，雖然職務丟了，但總算性命保住了，當時陸建章任北京巡防營營務處長，很想留下馮協助自己，就強迫押解的梁喜奎，將馮留下，隨後馮則回保定故鄉。離鄉十年，重見鄰里故舊雖然快樂，但閒居無事總不是辦法，何況，灤州起義的仇人王懷慶屬下，正好有一支淮軍看守著保定東關，馮玉祥在革命熱潮時，已經把辮子剪了，每天戴了一條假辮子充數，淮軍兵士則把持關隘，每天檢查行人的辮子，馮爲了此事提心弔膽，不想無謂丟了性命，鄉居數月，現金用盡，仍回北京投靠陸建章。

這時南北議和，已經同意由袁世凱任大總統，但條件是他必須到南京任職，民國元年的農曆年剛過，就發生了北京兵變，北洋核心的第三鎮發生兵變，由巡防營陸建章、姜桂顯張貼安民召示，迅速平亂，袁見到所謂「新軍」問題較多，倒是老式的巡防營，較為忠實可靠。袁世凱藉口兵變，不便南下，開始逐步背離民國的陰謀。

兵變後，第三鎮調離北京，另方面改組軍隊，把原有的巡防營改組為五路備補軍，每一「路」又下分五個營，馮恢復「玉祥」之名，擔任左路前營營長，或稱為第二營，進入他人生的另一階段。

三、成為軍閥

左路備補（營、團長）

民國初建，崇高的理想、純潔的熱誠，像泡沫一樣逐個破滅了。吳祿貞才華過人，拳術騎術精絕，熱誠開朗，卻因爲自信太過，被人以兩萬大洋買去項上頭顱；王金銘、施從雲也是胸懷大志的模範軍人，臨刑時叉手不肯受縛，豪氣干雲，他們的犧牲雖然感人，但無補於大局的失敗。

勝利的是陰謀家袁世凱，他包庇甚至鼓勵各種腐蝕人心的敗德行爲，這個革命的仇人，不但攫取了革命的果實，更做了民國的主人，眞是絕大的諷刺。這時候，許多人認清了唯有像袁一樣，握有一支忠於自己、屬於自己的軍隊，進而占有地盤，才是最實際、保全自己進行奪權的不二法門。灤州同志殘存的，有些心灰意冷，流連風塵脂粉，不問政治；有些隨波逐流，混跡官場，更有些淪爲匪類，以燒殺搶掠爲生。

馮玉祥選擇了第一種，使自己逐步成爲軍閥，但是他仍模模糊糊地保有革命、愛護百姓的觀念，使他在軍閥行列中，常因特立獨行而備受矚目。

馮玉祥在北京等待差事的時候，舊日同志劉一清曾介紹他到陳宧處，擔任中校參謀，相比之下，馮自然選擇掌有兵權的管帶之職。當時軍中各級長官，仍沿用清代的稱呼，到民國二年才逐漸改為現在的軍、師、旅、團、營、連、排、班長，不用統制、協統、標統、管帶、隊官等名。

巡防營是腐朽已久的老單位，突然再擴充五倍，自然更襤褸得可笑。馮帶著哨長、哨官們到鄉下招兵，在景縣招足一營，多半是農家子弟。招兵過程有很多細節，馮十分注意，例如，他拒絕散兵游勇，辦法是突然喊「立正」，當過兵的自然會聽口令，就挑出來淘汰掉。

這一次招來的兵士，十分爭氣，後來許多西北軍名將都是此時投軍的，如曹福林、劉汝明、石友三、孫良誠等，這一批幹部後來成了氣候，稱「老二營派」，有別於在清末就追隨馮玉祥的「二十鎮派」，士兵中只有韓復榘，原是二十鎮的，現在再來投軍，身跨老二營和二十鎮雙重身分。

招滿後回到南苑，一切仍然在混亂中，軍服、鍋灶、軍營都沒有，一切從頭做起，大家身穿便服，又不換洗，一副十足的乞丐兵模樣，兩個半月以後，才領到軍服，服裝倒十分漂亮考究。原因是要兼任北京各衙門衛戍工作，號稱「黃馬褂子」，後來又領到兩百支毛瑟槍，這都是打太平天國時代的舊式武器，每哨分配七十支。就憑這樣的本錢，馮玉祥開始建立他的「子弟兵」，成立一支以馮爲中心的軍事集團。

民國元年五月，第二營奉派離開北京，前往市郊三家店駐守，此地土地開闊，營舍雖然破舊，但可以修繕，不久就煥然一新，並成立三個講堂：頭目（士官）講堂、官長（軍官）講堂、特別兵講堂，另外設拳擊、器械、體操班；在課本教材方面，馮自編《八百字教材》，另外寫作三首歌曲，一爲戰鬥動作歌，二爲射擊軍紀歌，三爲利用地物歌。把應該熟記的戰鬥規定，用唱歌的方式，讓兵士加深印象，十分熟練。這時馮已加入基督教，並利用聖歌原有的曲調改編歌詞而成，省時省事。

年終全備補軍會考，第二營（前營）獲得第一名，所以馮的機會又來了。民國二年秋，左路備補軍改爲警衛軍，成立兩個團，馮任第二團團長，前往河南偃城招兵，此次招募的壯丁也很整齊，後來將領吉鴻昌、梁冠英，都是這一次招來的，共招一千七百人。民國元年所招的兵士，如有體能戰技優秀、學習能力強的，都已經補爲頭目、哨長，所以訓練起來，更加順利。

五路備補軍的迅速膨脹，仍然是袁世凱從清末以來，一直推動的左手持金錢，右手持利刃，就可以宰割天下的手段（梁啓超先生語）。先是，民國二年五月，國民黨開始公然和袁世凱決裂，但陣容中出現裂縫，當時全國二十一個都督，屬於袁派有十二人，屬於國民黨派九人，但是國民黨在北方的陝督張鳳翽、晉督閻錫山投靠袁氏，其餘各督也都脆弱不堪。到該年九月，黨人在各省先後失敗。袁氏則計畫進一步消滅這些傾向國民黨的北方都督。

左路備補軍成軍兩年多，訓練的成績既經過蔣百里（方震）等軍事名家的肯定，所以決心再予以擴充，並賦予剿匪任務。馮氏身在軍中，自然成爲袁世凱利刃的一部分，但他終究不是「呼之即來」的工具，也要在這場變局中，發揮他自己的影響。

旅長（上）

馮氏自從清末加入新軍以來，歷經十二年，由目兵升到少將旅長，際遇不能不算是順利。但是到達旅長之後，卻沒那麼幸運了。他在旅長的職務上，足足待了六年之久，其中還被撤換過，以當時的情況和他模範軍人的資歷，絕對是不合理的。這期間他一方面脫離了陸建章的系統，直屬中央；二方面常對政局發表意見，或不肯屈從。但也就因爲有這麼長的蟄伏，才能把子弟兵訓練成材，所謂「如雞孵卵，如爐煉丹」，旅長一級，是馮一生事業重要的起點。

警衛軍奉命改組爲陸軍第七師，師長仍由陸建章擔任，馮玉祥的第一團成了第一旅，不久又改爲十四旅，任務是剿滅騷擾數省的流寇白狼。據白狼的兒子振東說，白狼眞名永成，後改名閬，字朗齋，訛讀爲白狼，他原是清末軍人，在第六鎮吳祿貞手下任管帶。吳遇害後，袁氏竊國，心理不能平衡，憤而爲匪，最盛時黨羽有二、三萬人，因爲袁氏鎮壓南方，大軍南下，地方守軍薄弱，所以匪勢逐漸擴大，禍延五省，陝督張鳳翽求援，正合袁氏心意，於是派陸建章擴充五個旅，任剿匪督辦，率軍入陝。

馮玉祥既奉命令，就大肆準備，小至紮營用的橛（營釘），大至騾、馬上下火車，兵士隨身裝備的檢查，上下火車的訓練，行車安全等無不悉心規畫，沿途大部分仍靠步行。民國三年五月，抵達潼關，陸建章擁有五個旅、兩萬多人的正規軍，不但白狼聞之遠走，就是原有的陝西督軍和兩位師長，也都相形見絀。驅白狼西走甘肅，原是中國剿匪的老辦法，把匪徒逼到荒涼之地，無法給養，不久就自然回竄。馮部以訓練精良著稱，追隨匪跡，忽而向西，忽而向東，忽而向南，匪軍窮途，遭到幾次挫敗，人心散去，屬下槍殺白狼四散，後遭人挖出領賞，以同去的張敬堯、駐豫的趙倜功多，馮部則徒勞無功。

白狼既滅，陝軍駐長安的師長忽告「暴卒」，陸建章遂稱霸陝西，歸袁氏遙控。馮氏進駐長安，全力整頓內部。馮所率的十四旅幹部各有來頭，不是段祺瑞的舊人，就是徐樹錚的親戚，尤其是陸建章的鄉親特別多，無法放手做事，馮為掙脫舊勢力的影響，決定集合全旅精銳，成立一個模範部隊，以二十鎮舊人李鳴鐘任連長、過之綱任排長，選用石友三、葛金章為班長，馮治安、吉鴻昌等人為士兵，每日磨練戰技、戰術，選軍中優秀幹部宋子揚、劉郁芬、何乃中、蔣鴻遇為教官。這個模範連，後來果然成為十六混成旅的幹部搖籃。

陝軍雖是辛亥革命時代的義軍，主持陝政不過兩年多，已經相當腐化了，驅逐他們倒是問心無愧。問題是陸建章自己做了督軍，也開始迅速腐化。一是任用鄉親，所謂「口裡會說蒙城話，腰中就把洋刀掛」，掛名的參謀、參議多至數百人，每天以造謠生事、說長道短為能事。二是姑息養奸，收受賄款，其中以陳樹藩孝敬兩萬兩煙土，為拜師之禮，從此大受寵信。馮玉祥無力制止，後來陸就是敗在陳樹藩手中，兒子被俘，報應之速，令人毛骨悚然。其三是縱容鴉片，陝西雖貧，但適合種植鴉片，利潤甚豐，當時各軍最感興趣的事，莫過於四處下鄉搜查鴉片，一旦搜出，主人罰款，鴉片沒收，沒收的鴉片並不銷毀，或留著自用，或用以送禮，或運到北京販賣。馮玉祥不肯同流合污，自然成爲升官發財者的眼中釘，馮、陸逐漸疏遠。

不久，軍隊又開始改編，原有的第七師部隊，改爲十五、十六兩個混成旅，馮任十六混成旅的旅長，直屬中央，從此才有了自主權。第七師的番號則給了張敬堯，把他的混成旅擴充爲師，表面上陸建章兵力大增，但直屬的手下卻被架空而不自覺，只有陸的長子陸承武，率領一支警衛團，護衛督軍府。

馮則飽受排擠，十五、十六兩旅舉行秋操對抗，十五旅竟有人裝上實彈，向十六旅射擊，雖評定十六旅勝利，事後雙方都不願事態擴大而掩蓋過去，但馮軍和入陝其他各軍關係惡化，也到了不能不解決的地步。

這時陝南漢中，原是中國古帝王基業所在，另有陝軍第一師師長張鈁（兼陝南鎮守使），兵力不強，倒可以乘機兼併，所以陸藉口四川督軍胡景伊軍隊譁變，派馮軍南下防亂。誰知到達陝南後，情況又有改變。

袁世凱爲進一步擴充地盤，又派心腹幹部陳宧入川，陳宧當時並無部隊，從湖南、湖北各抽一個混成旅，陝西則抽十六混成旅總共三路人馬會合，足可在四川取得優勢，陸建章對十六混成旅出陝十分反對，但馮玉祥卻很熱心。兵分二路，自己率一團入川，當然惹得陸不快，馮軍出境後餉源就斷了，陸的理由是，該軍既已出境，軍餉應由川省負責，四川是有名的肥美之區，氣候適宜，每一區都有特產，但馮軍奉令不得向地方徵收，陝西的餉械又斷，使馮大有坐在糧倉裡挨餓的窘境。最後幾經交涉，陸才恢復協餉，經過這一番波折，馮陸的裂痕擴大。另外影響了後來馮的政治態度，到了陳宧攻擊入川的護國軍時，馮軍因爲另有餉源，不依靠四川，所以能在帝制問題上，採取超然的立場，對陳宧表態。

表面上陳宧接受的任務是清鄉督辦，所以馮玉祥既至四川，就受命清鄉，當時共分五大清鄉區，馮軍負責川北二十餘縣，先後進駐綿陽、梓潼、閬中（原意是高大的門，此區四面有高山而得名），因事先獲得自新匪首的協助，以及買得英人測繪的詳盡地圖，得力不少，雖然山高谷深，倒沒有折損多少兵力，就頗有斬獲。但清鄉只是掩人耳目，陳宧眞正的目的是奪取四川，並防堵雲貴，所以馮向陳宧報告清鄉成績，陳宧雖評定馮清鄉成績最優，但並不很重視。

馮到達閬中的第二天，就收到陸建章、陳宧先後拍來的電報，一致擁護袁世凱稱帝，連蔡鍔（松坡）將軍（當時仍在北京，受袁嚴密監視中）也列名在內，可是馮眼光何等敏銳，看到電報中北洋三傑馮國璋、段祺瑞都未領銜，而改以資望雖高、但無實力的王士珍（龍、虎、狗三傑之首）領銜，不免大感遜色，再加上辛亥時殘殺灤州義士的舊恨，馮玉祥故意依違在川、陝之間而未具名，是一項大膽而有見解的作法。

馮部隨後駐紮順慶，隨陳宧入川的另一支部隊——第四混成旅（當時算是陳宧嫡系），也有一部駐在順慶，兩軍互相比較之下，馮軍簡樸，第四混成旅幹部則生活奢華，旅長伍禎祥在清末二十鎮時代就當協統（旅長）了，和馮一樣，算陳宧的老部下。二十鎮時代的同事張之江、鹿鍾麟等人前來敘舊，後決定投奔馮。

民國四年底，蔡鍔逃出北京，在雲南發動「護國軍」，滇督唐繼堯只給蔡三千人，糧餉一個多月，就憑這樣微薄的力量，要抗拒擁有全國精銳的袁皇帝，實在是極冒險的事。袁氏深知反抗的火苗，絕不容它持久擴大，所以蔡鍔初起，袁企圖以雷霆之勢撲滅火星，派出第三師曹錕、第七師張敬堯，以及第八師入四川；又以第六師、二十師以及第七混成旅入湖南，滇軍支持不住，尤其以第三師的旅長吳佩孚攻下瀘州，馮玉祥攻下敘州府戰力最強，護國軍聲勢為之一挫，蔡鍔見了也甚為讚佩，他說：「北軍樸勇耐勞，為全國冠，惜少國家思想與軍人智能，得賢將領以董率改造之，確可植國軍之基礎，弟甚欲置身彼中，為此後改良之導線。」（《松坡遺墨》）蔡將軍心胸開闊，令人佩服。

可惜蔡松坡先生在袁死後不久就因病而死，否則以蔡的聲望、能力、品德，若能統率、影響當時最優秀的模範軍人馮、吳，確實可以減少後來無數干戈。

馮在這次戰役中，接收了先攻敘州府的第四混成旅伍禎祥潰敗的殘部，實力頗有擴張，敘州府攻下後，與滇軍將領劉雲峰達成停戰協議，然後派張之江聯絡蔡鍔，加上陳宧身邊的參謀長劉一清，極力支持停戰，陳也告遲疑不定。拖延愈久，情況逐漸改觀，民國五年一月，貴州響應，三月廣西響應，江蘇的馮國璋雖沒有響應，但對袁也不支持，然後又聯絡長江流域五將軍同時發電報，勸袁取消帝制。

同時陳樹藩在陝西起事，響應護國軍。原來陳繼馮玉祥之後，進駐陝南，獲得陝南鎮守使一職，後來轉調陝北，打起護國軍旗號，進攻長安，陸建章之子陸承武迎戰，戰敗被俘。陸氏遂一蹶不振，自請去職，並薦陳自代。

馮玉祥則佯示要回身救援陸建章，退出敘州府，同時也接受護國軍第五師番號，袁世凱雖也開出優厚條件，同意馮兼併第四混成旅殘部，並答應他擴充爲師等，但遭馮拒絕。馮軍回師川北，威脅成都，陳宧只好順勢宣布獨立，陝西、四川、湖南的先後獨立，這是對袁世凱致命的一擊，民國五年六月六日，袁氏病故。但是，一軍不能二用，陝西也因此落入陳樹藩手中，後來有人據此批評他此時沒有回師救陸建章，是不念舊恩之舉。

袁氏既死，陳樹藩再電北京黎元洪（副總統代理總統）、段祺瑞（總理兼陸軍部長），表示奉還陝西，聽命中央，因而正式取得陝西，馮玉祥雖可回陝南，任鎮守使，但他恥居陳之下，又不能輕啓戰端，加上不願和川軍爭奪四川，決意接受段的命令，仍回河北。

路經襄樊時，見當地守將庸劣，馮手下的團長楊桂堂建議乘機襲取該地，未獲馮的同意。

民國五年八月底，馮旅駐北京鄉房，馮玉祥先有「將在外不受命」的事實，又自行招兵，兼併了第四混成旅，實力擴充不止一倍，加上從四川退軍，沿路地方政府和駐軍都有所接濟，回京後軍費充裕，於是購槍置械，將炮兵營擴充為團，又組「手槍隊，手槍隊即將領的鐵衛隊，精選軍中忠貞、優秀戰士組成，每人配備手槍、馬槍、大刀各一，這就是後來聞名的「大刀隊」，兼有現在「特戰部隊」的性質，當然頗受側目（也有些記載是民六擊敗復辟軍時創立）。

劉備的名言「勿以惡小而為之」，確有道理。袁世凱生前種下的惡因，如今迅速蔓延擴大，當時外軍回京陋規甚多，風氣敗壞，更甚於遜清，必須呈獻厚禮，結納陸軍次長傅良佐、徐樹錚，方能長保軍權，馮氏一則禮數甚薄，二則受失敗回京的陸建章、陳宧等人破壞影響，所以馮軍處境尷尬，先是陸軍部的經費六折發放，又改為四折、三折，馮去陸軍部鬧了幾次，情況每下愈況。

馮旅的第一團團長楊桂堂，是段祺瑞的舊屬，屢屢表示對段的恭順，眼見馮既不受歡迎，遂一意謀求此位。民國五年十一月，傅良佐矇混發布了馮玉祥的免職令，由楊桂堂接任。十六混成旅經馮氏幾年的苦心經營，已經逐漸有了「馮氏集團」的雛形，幹部們聞訊大譁，全體通過通電請收回成命，陸軍部則調軍包圍。段祺瑞聞訊也不贊成，改發布馮為第六路巡防營統領。

十六混成旅的前身，本來就是由巡防營改編的左路備補軍前營（第二營），五年多來，一路經過種種機運和磨難，才修成的正果。如今即使想重新來過，時勢變遷，恐怕也未必能如願，所以這次調職，確實是馮生平一大打擊，但是環顧四周，一旦反抗，必然被徹底消滅，陸軍部又派陸建章前來勸退，馮遂在對全旅含淚發表演說之後離去，核心幹部更在送行時泣不成聲，紛紛上前，把馮所穿的大褂扯成布條，以為隨身紀念。

旅長（下）

如果不是亂事頻仍，失去軍隊的馮玉祥，就可能長期做巡防營統領，掃地種樹，度過下半生；但是，幾個月後，就發生了「復辟」事件，大局的激盪使馮能東山再起。

原來袁世凱死後，黎元洪以副總統繼任總統，馮國璋任副總統，段祺瑞仍爲國務總理，段兵力最強且不安於位，於是造出種種事端。先是民國六年五月，因爲歐洲第一次世界大戰爆發，英、美、法都希望中國參戰，並答應勝利後，歸還中國若干權益。段祺瑞力主參戰，梁啓超、蔡元培等名流也頗表贊同。國父孫中山先生則力持反對，他深知「參戰」只是騙局，藉機大借外債，擴充段系部隊才是燃眉之急。總統黎元洪身在爐火之上，當然更知道段氏的動機而大力反對，所以「參戰案」在國會中並未通過，段要求黎解散國會，黎不同意，段憤而辭總理之職，黎批示照准。於是段騎虎難下，只得策動各地督軍、省長宣布獨立，抗拒中央。

黎元洪惶恐，但仔細閱讀各地電文，只有安徽督軍張勳不曾參加，慌亂之中，竟召張勳入京保衛。張勳也是一個傳奇人物，他比馮玉祥大了一代（將近三十歲），原名張保，幼時因爲家貧曾擔任僮僕，後來偷了一封介紹信，冒充「張勳」投身綠營，曾打過中法越南戰爭等役，積功至南洋會辦大臣，辛亥革命時，他因爲堅守南京，和民軍血戰而成名。撤出南京後仍盤踞徐州一帶，直到民國六年，該地仍是最後的「大清國領土」之一。張勳入京後，提出種種條件，先逼黎解散國會，再逼總統退職，在這期間，段祺瑞則對整個變局，既不反對，也不贊成，使張勳等復辟人物，誤以爲是段所默許的，最後竟宣布復辟，民國六年七月一日，成了宣統九年五月三十日。

另方面馮玉祥既受巡防營統領之職後，閒居無聊，曾隱居北京天台山，民國元年時，馮玉祥即在附近的三家店練兵起家，甚愛此地清幽，常與僧人講經論道，另外督促防軍種植榆樹。段祺瑞在山下的種種變化，馮氏當然能妙察眞相，遂以房產抵押五千元，求見傅良佐，獲得重任十六混成旅旅長之職，參加段祺瑞的陣容。

段祺瑞在天津見時局成熟，在七月五日自行宣布恢復「國務總理」之職，誓師馬廠，分兵三路進行討逆，眞正接戰的則是中路，包括馮玉祥的十六混成旅、王汝勤和李長泰的第八師（民五入川的部隊之一）。

張勳爲人雖然頑固得可笑，但是他是淮軍老將，「辮子軍」又以頑強著名，馮玉祥受命後也不敢輕敵。但是截聽到軍中的電話，前敵只有九營（約五千人），而且沒有構築工事，馮簡直不敢相信自己的好運，再派騎兵隊及偵察隊探察，三次回報內容相同，馮當機立斷，全旅快速進撲，辮子軍略加接觸，就全線崩潰了。一周之後，諸路討逆軍已經兵臨北京城下，曾經掛起「龍旗」附和的部隊，也都紛紛悔罪投誠。

段祺瑞的親信段芝貴此時突然出面調停，馮玉祥等進攻部隊則大惑不解，紛紛不接受調停，持續勇撲北京城，北京城壯大高聳，如有堅強防軍，攻城者犧牲必然慘重，但馮部以五十支雲梯趁夜輕鬆就進了城，其他諸軍亦分道而進，幾個小時之後，張勳倉皇而逃，辮子軍大部分被繳械，此役馮獲利頗豐，除了正式官復原職外，虜獲械彈不少。當時馮玉祥主張進一步鏟除帝制餘孽，驅逐廢帝溥儀，態度激烈，未獲採納。黎元洪在平亂後，堅時不肯復任，因此，由馮國璋代理總統，反而熱心聯絡張勳、馮玉祥合作，三人共同開設公司，馮氏則以該公司的收入繼續擴充手槍隊。

陸軍部慶功宴上，馮玉祥、王汝勤等人公然反對段祺瑞復任總理，又不肯支持段祺瑞武力統一南京的暗示，馮玉祥和段祺瑞短暫的蜜月期遂告結束。另方面，拖延數月的「參戰案」，自然於民國六年八月順利通過，隨後大借外債，擴充附段諸將的武力，又賄買參加討逆各軍，以戰費報銷名義，大肆犒賞，每師六、七十萬元，每旅二、三十萬元，馮玉祥深感這種錢拿不得，只稍支兩萬元，表示對段的統一大業並不很熱心。

不久，段藉口閩督李厚基受護法軍攻擊，而下令援閩。並派遣他的親信傅良佐於八月四日出任湖南督軍，但是前方將領王汝勤等並不熱中作戰，北軍大敗而回，段祺瑞狼狽又請辭職，馮國璋不能堅持，仍命段祺瑞保留「參戰督辦」的名義，段氏威風一挫，後來馮國璋自己反而熱心武力統一起來。

馮玉祥早就接獲南下的命令，因爲有馮國璋撐腰，多方拖延，因而獲准再招一團新兵，這次改用「回家招兵」的辦法，每位幹部放假回家，自行招募鄉里親友，而成立第三團，使十六混成旅眞正成爲子弟兵，擁有近萬人的實力。

十一月馮玉祥獲馮國璋、段祺瑞的嚴命，南下到浦口時，受江蘇督軍李純（繼馮國璋任者）的熱誠招待，供應軍餉，並贈他兩千支步槍，叫他逗留不進。陸建章則更爲興奮，希望馮軍回攻安徽督軍倪嗣沖，安徽駐軍與張勳關係密切，言行保守，可占領作爲陸復出的根據地，但馮辭以師出無名，「名不正，言不順」，陸頗爲失望。

民國七年春，馮國璋改變心意，命所屬各軍出動南侵，李純態度一變，百般逐客，馮軍於是上船，卻突然轉向，逆江而上，駐軍武穴（在漢口以東），先有祕書楊道誅因反對內戰，投江而死，馮玉祥頗受感動，於是停兵不進，上電請求和平，消除內戰，段祺瑞大怒，免馮旅長職。陸建章奉命前來調停，暗中又鼓吹馮玉祥攻安徽，馮甚感困擾，假裝騎馬跌倒受傷，不能行動，陸大怒，痛斥馮忘恩負義而去，馮玉祥和陸建章關係公開破裂。十六混成旅中親段祺瑞，或與陸建章有淵源的幹部，都紛紛求去，馮玉祥更能掌握全軍幹部。陸建章北返後，因屢次協助馮國璋與皖派為難，終於遭皖派悍將徐樹錚在六月十五日，以宴客為名，誘殺陸於徐宅花園中，罪名是「詭祕勾結，出言煽惑」。

陸建章的死，對直系聯皖的將領是一大打擊，多年以來，陸氏照顧提拔馮氏，更是馮玉祥生平知己，馮軍中與陸關係較深者，無不主張立即行動，均遭馮壓制。一個禮拜後，北京政府恢復馮旅長之職（這次是因為武穴停兵而遭解職，但他本人並未離開部隊），同時發布他兼任湘西鎮守使，駐軍常德。有人說這樣任命有安撫之意，陸的死訊仍對馮氏有利。

在這之前，民國七年三、四月間，北京的直皖兩派取得「武力統一」的共識，恢復向南方用兵，其中尤以第三師的旅長吳佩孚，表現最為突出，連克長沙、衡陽等地，在進攻之前吳佩孚曾希望馮能與他一同行動，但馮拒絕了，這時候馮眼見吳佩孚獨自立下大功，不免頗有悔意，等到五月曹錕再奉命前來協調，馮自知餉源斷絕，維持甚難，所以欣然同意服從北京，又遇陸建章之死，終於獲得含有撫慰性質的新職務。北方軍界傳言，馮玉祥在和曹錕協商時，洩漏了某些陸建章的計畫，使得陸因此被害，也有人擴大解釋，是馮間接謀害了陸建章，例如民國十四年十二月馮玉祥軍攻擊奉軍李景林時，李景林通電宣告馮氏的罪惡，有「以獨立武穴，而害其舅父陸建章」，雖然是激憤之言，也值得參考。

無論如何，馮玉祥確實因為北軍的勝利而分得一杯羹，率軍南下，進駐常德。常德在辛亥革命前，就是革命志士聚集之地，當時仍由同盟會會員、也是武昌起義的英雄胡瑛率軍駐守，這支地方武力，當然不是馮軍的對手，遭馮軍驅逐，向西一直追到沅陵（舊名辰州），兩軍主力相隔百餘公里，互相對峙。

馮玉祥在民國七年六月下旬到達常德，打聽到胡瑛因為軍事緊急，沒來得及將老母撤走，仍住在常德城中，改名姓陳，以避人耳目。馮就派副官長攜帶生活費、用品及馮的名片前去慰問，表示友善，胡瑛聽說此事，也頗有辛亥革命的氣概，親自到常德見馮，馮則招待胡瑛校閱部隊，胡瑛見馮軍紀嚴明，一方面慶幸百姓有福，二方面深知馮軍之不可侮，從此兩軍和平相處約兩年。

常德雖是湘西，但因位於沅江入洞庭湖的入口，交通方便，物產豐隆，商務繁榮，而且日商在此勢力不小，一向恃強橫行，商家怕南北軍隊騷擾，紛紛託庇於日人，馮玉祥令薛篤弼代理常德縣知事，宋哲元任營長負責常德縣治安，兩人均係後來西北軍中有名的幹材；同心協力，頗能與日人抗禮，因而聲譽日隆。又招兵一營，全旅超過萬人。

在馮湖南任上的最後一個月，上海一家英文周刊票選當時「最偉大的中國人」十二名，結果國父孫中山先生名列第一，馮玉祥有幸名列第二，廣受國人推崇的胡適先生名次尚居馮後。

張敬堯督軍麾下的北洋軍隊，卻聲望甚差，民國八年五四運動以後，吳佩孚對張積怨已深，九年三月撤軍北上，六月張敬堯亦逃，吳在動作之前，曾邀馮共同行動，但馮鑑於上次武穴行動的莽撞，遲疑一番，如今卻像突然退潮而擱淺的船一樣，尷尬萬分，幸而平素與湘軍關係不太惡劣，譚延闓先生也派人請馮易幟，加入革命陣容，馮以爲論實力仍以北京爲尊，而婉拒。

七月馮軍獲紳商三十萬巨款而光榮退軍，北上駐軍湖北，當時湖北督軍王占元擔心張敬堯等人會趁退兵亂局，攻擊湖北，請馮火速星夜率軍北上，沿途暑熱疫病，兵士折損不少，等趕到湖北，王占元卻又毫不歡迎，隨意安置在湛家磯造紙廠中，以後張敬堯來攻，殘部全數遭馮俘虜，並得到大炮數十門，機槍一營，也遭王占元討去。

吳佩孚北返後，直皖之戰大獲全勝，他自己的實力擴充到六個師，其他軍隊則餉械請領極難，百般需索，政令腐敗比皖系當政時更厲害，馮軍不能枵腹待斃，甚至截留鐵路收入，勉強度日。吳的主意是讓馮軍處在半飢餓狀態，才會替他去消滅皖系殘餘的勢力，正因爲如此，馮玉祥才有機會更上層樓，脫去任職已久的旅長頭銜，是以有九年入陝之舉。

師長和督軍

陝督陳樹藩是當年巴結陸建章、離間馮玉祥的舊仇，後來取陸而代之，遙尊段祺瑞而稱霸陝西。直皖戰後，段氏既敗，直系所控制的北京政府正想要撤換他，恰好于右任先生的屬下岳維峻、胡景翼等趁時而起，號稱「靖國軍」，遙奉中山先生。陳樹藩屢戰屢敗，北京派兵入陝，並命二十師師長閻相文繼任陝督，陳就和省長劉鎮華勾結抗命。

北京以二十師、第七師和十六混成旅三路進攻，陝西各軍也不滿陳氏，紛紛暗中協助入陝諸軍，陳樹藩稍戰即敗，又受到劉鎮華投降影響，終致全線潰敗，閻相文順利上任，爲酬謝馮氏助拳，保薦他出任師長，幾經波折，馮終於獲補第十一師師長（這個師因爲欠餉譁變，取消番號），卻附有「不加薪不加槍」的附帶條件，但總算讓馮升了一級。這一升級讓馮更接近督軍的寶座了。

當時陝西軍隊及地方武力共計二十萬人，其中以「靖國軍」諸將五萬餘人爲數最多，但糧餉斷絕，火力、訓練亦差；其次爲省長劉鎭華所率的「鎭嵩軍」，是山賊改編，人數三萬人，戰鬥力也有限。所以當馮玉祥升任師長，並兼陝西西區剿匪總司令後，一方面聯絡「靖國軍」中較能自制的將領，一方面誘殺殘害地方的將領郭堅（當時也依附靖國軍）後，已經成爲陝西諸軍的領導人物。

閻相文則在上任一個半月以後，突然自殺身亡，北京遂任命馮玉祥接任陝督，閻相文之死，照例又有些猜測之詞，馮玉祥的支持者，則認爲他絕不可能涉及謀殺長官和姻親（閻相文夫人是馮妻劉氏的同族姑姑），但不論如何，將懦弱的閻相文換成強悍的馮玉祥，確實對陝局大有影響。馮一上任，就派兵南下攻擊陳樹藩殘部，收復陝南，加上「靖國軍」中的主力胡景翼等先後投降，接受北京番號，陝西大致在馮控制之下。他又東連閻錫山（山西省軍）、西連甘肅督軍，大有長做陝西王的架式。

馮玉祥在陝西主要措施有二，一爲練兵，二爲政治建設。練兵是馮根本所在，此時已經更具規模，循序漸進，有衛隊團（優秀之新兵）、軍士團（優秀的班長、伍長）、軍官團（優秀之排長、司務長），成績斐然，並且遍及陝西其他各軍，其中以原靖國軍之胡景翼部隊配合最為徹底，馮玉祥與胡景翼遂成深交，成為日後「首都政變」的班底。

其他如注重軍紀、軍人節儉儲蓄、軍中工廠、基督教傳教等均繼續施行。另外則發動兵工、拆除舊督軍衙門，另擇原來的滿城（皇城）建新督軍署，且親自施工，為屬下表率，僅費數千元，完成小屋數百間。

地方行政，原是省長劉鎮華的工作，但他實力不如人，仍由馮主持。較重要的包括動用兵工，修建體育場、講演堂，鼓勵種樹，興建西安到潼關的公路等，財政則以薛篤弼任廳長，整頓陝西紙幣，加上煙稅、鹽稅的補助，治陝一年，已經逐漸償還舊債，有所盈餘，對外交涉記載甚少，僅知有英、美遊客到太白山射獵野牛，遭其斥責而已。

馮玉祥治陝，頗覺遊刃有餘，遂一面注意大局的動態。

當年直系和奉系合作，扳倒皖系段祺瑞，事隔不過一年多，直奉兩派又出現裂縫，因為奉系爭奪江蘇、湖北地盤失敗，加上奉系所擁立的內閣總理梁士詒，又遭吳佩孚率八省督軍通電反對（馮玉祥的陝西也在聲援之列），馮自從南下兩湖，一直受到曹錕和吳佩孚的照顧，此次督陝更是直系的大力提攜，而且梁士詒大借外債，在輿論上已居下風，所以馮投入直系陣容，是十分自然的事。

民國十一年四月十九日，馮玉祥召集幹部會議，宣布「援直討奉」的主張，並表演了一手馮氏特有的戲劇性動作，當場宣布：「咱們出關打奉軍去，我棄去這陝西督軍，就像這破鞋一樣。」說完腳一用力，破鞋飛入半空。三個小時後，全軍就拔營東征，胡景翼部編爲陝西第一師，大部分仍是徒手部隊也協助出征。陝西督軍交劉鎭華代理，馮玉祥則代理吳佩孚的「直、魯、豫巡閱副使」職權，坐鎭洛陽，主要防範原屬皖系的河南督軍趙倜，因爲吳佩孚率領的西路主力，在京漢（平漢）線與奉軍接戰後，無法突破，情況緊急，又派馮軍李鳴鐘旅赴援，抄出關外，在長辛店等突穿奉軍陣地，西路奉軍敗退，牽動全線，到五月三日全軍退出關外，宣布停戰，直系大獲全勝。

但河南方面正如同吳佩孚所料，趙倜和他的弟弟趙傑卻得到錯誤的情報，以爲直系大敗，於是傾巢而出，聚集了八十營（四萬人，另說四十營，二萬人）撲向各留守部隊，並圍攻鄭州，進犯洛陽。鄭州解圍戰役，不但張之江、劉郁芬、宋哲元、劉驥等將領嶄露頭角，胡景翼師也十分剽悍，接戰一天就折損兩千人，卻同樣虜獲敵人槍枝一千支，因此愈戰愈強。馮玉祥手下諸將一向自視甚高，至此也不得不佩服，視胡景翼為值得敬重的盟友。

趙倜、趙傑撲向鄭州時，另有一支由寶德全率領，抄馮軍後路，使馮部損失不輕，到趙氏兄弟戰敗逃遁，寶德全又出賣趙氏兄弟，投降馮玉祥，自稱省城（開封）維持會會長，開城迎接馮軍，馮玉祥立刻命人將寶就地槍決。

第一次直奉戰爭一接戰就決勝負，從開戰到馮玉祥入開封城，不過十天而已，次日就接到北京命令，由馮接任河南省督軍。馮玉祥此役收穫豐碩，不止據有膏腴之地，而且除了俘虜軍械外，更抄沒前督軍趙倜全部財產，移作教育經費，此舉連黨國元老吳稚暉先生也頗感推崇。河南地面開闊，民風淳樸，原是安身立命的好地方，可惜馮又不能久任，只做了五個月又二十一天，許多構想都無法親自施行。

馮在河南督軍任上，大抵推行幾項工作：

㈠整理稅收，清查戶口，維持治安。

㈡設立工場，濬河築路。

㈢推廣教育，確保教育經費來源。

㈣改良風氣，如禁煙、禁賭、禁娼、倡剪髮、放足。

這些方針大致正確，假以時日必能有一番局面，但因與吳關係惡化而告丟官，未能貫徹。馮任河南督軍時間雖短，卻留下不少軼聞佳話，如他喜歡便步上班，或騎腳踏車，與一般督軍前後開道，坐擁名貴轎車大不相同；清晨即起，與前任睡到下午才起床又成對比；飲食簡便，每加一位客人，增加一道菜，且不備煙酒。這些簡單的舉動，帶來驚人的聲譽，使馮成爲中國人所寄望的「偉大」人物之一。加上梁啓超先生也盛讚馮軍是模範軍隊，都使得吳感覺不快。

吳佩孚也自奉儉約，但他仍需要大量金錢，賄買曹錕身邊的倖臣、腐敗的北京官員、議員和新聞界，所以當馮沒收趙倜產業，分文不交，又拒繳戰費八十萬元、每月二十萬元的規費，使吳活動日益困難；再加上馮大肆招兵，補充二十營（一萬人），並得到馮老長官張紹曾的幫助，獲得二十三混成旅的番號，馮軍已經有一個師三個混成旅，實力超過三萬人，這才令吳覺得「是可忍，孰不可忍」，將馮明升暗降，改任空銜「陸軍檢閱使」。對馮玉祥而言，這是一擊重拳，但換個想法來看，同時也使他在外省駐軍多年之後，能夠重回北京，變成北京善變的政局中，一顆重要的棋子。

陸軍檢閱使

「吾生平長進，全在受挫受辱之時，務須咬牙厲志，蓄其氣而長其智，恭然自餒。」曾國藩的這一段話，對馮玉祥啓發很大，陸軍檢閱使正是他動心養性的時期。

新職發布後，馮玉祥丟掉了河南督軍的職務尚不擔心，但吳佩孚不許他攜帶新招的一萬名士兵上任，卻讓他絕不能忍受，於是馮將新兵換成十一師番號，先行運走，再運正規的十一師，最後只留下曾和吳佩孚共患難的李鳴鐘一個團，吳佩孚無奈，只得全數放行。

但這個舉動無疑觸怒了吳佩孚，原先答應的移防後，河南每月協餉二十萬元（或說三十五萬元），改成分文不給。但是京中要人都想拉攏馮軍，所以仍由曹錕、張紹曾出面協調，由崇文門關稅每月支援五萬元，京綏鐵路每月十萬元，其餘由財政、鹽餘項下撥充，每月雖不充裕，仍有十七、八萬到二十餘萬元的經費，足以養成一支勁旅。

馮軍的重要幹部也大致到齊，十一師有兩個旅，加上三個混成旅，總共五個旅，旅長是少將，這就是馮軍第一批將領，包括劉郁芬、鹿鍾麟、張之江、李鳴鐘、宋哲元，以後又稱前五虎。其餘後起諸將，當時也都擔任團、營長，為部隊骨幹。全力練兵，聲望蒸蒸日上，漸成吳佩孚的勁敵。由於鄰近京師，手握重兵，馮玉祥遂成為各方爭取的對象。

在直系內部而言，曹錕身邊的「津保派」（駐天津、保定）是馮直屬的衣食父母，雖十分腐朽荒唐，但馮不得不與他們合作，作用在制衡吳佩孚。直系以外，遠在廣東的革命力量，中山先生早就對馮氏慰勉有加，這時並希望他參加反直聯盟，奉方張作霖也表示可以濟助軍餉，總統黎元洪自知無兵無將，勢甚孤危，也屢屢向馮示好。在種種接觸之中，有些日後變得十分重要，但在當時，仍以他對直系和總統黎元洪採取何種態度為最重要，影響最大。黎、馮交往甚早，早在民國六年，復辟派消滅後，黎隱居不問政事，邀美商華克合辦「中美實業公司」，黎自任董事長，張勳、馮玉祥、馮麟閣等人為董事。直奉一次戰後，徐世昌被直系軍人轟走，黎元洪復出有望，但他也深知驕兵悍將無力制裁，遂提出「廢督裁兵」為條件，曹、吳等人竟一口答應，並首先拔除馮玉祥河南督軍，以為倡導，黎元洪誤以為曹、吳頗有誠意，於是入京復行大總統職權，並升馮為陸軍上將以為補償。

當時北京政局惡化，已經到了不堪聞問的地步，包圍曹錕的小人，為了早日擁立曹總統，整天惹是生非，比起當年段祺瑞左右尤有過之，藉金佛郎案收押財政部長，藉臨城劫車案動員輿論大力醜化黎元洪。

民國十二年四月吳佩孚在洛陽練兵，適逢五十壽辰，烜赫一時，傾動中外，康有爲贈一名聯：「牧野鷹揚，百歲勳名才半紀；洛陽虎視，八方風雨會中州。」馮則遣人送開水一壺，當時似乎有保持中立的態度，但是形勢比人強。津保派群小勢力漸張，氣焰壓過吳佩孚。一月張紹曾上任時，已是黎元洪任內一年第六個內閣，張紹曾主張扶植馮玉祥做黎的後盾，但黎頗畏憚曹、吳，不敢有所行動，終將馮軍理財幹員薛篤弼出任崇文門督辦一事，加以擱置，馮以此斷定黎不足以有爲，加入直系津保派鬧事陣容。

加入索餉鬧事的陣容，面目自然猙獰，尤其要和辛亥年灤州起義的仇人王懷慶合作，更是難堪。此人擔任十三師師長兼北京衛戍司令，盜賣公地，強買強賣房地產，偷盜古墓無所不爲，甚至拆賣北京城牆，飽入私囊，即在黑暗的北京官場中，也有許多人恥與爲伍，馮氏的尷尬更可想而知。

民國十二年六月六日張紹曾辭總理職，七日，馮玉祥、王懷慶等領銜率五百名軍官辭職，軍警罷崗，停水斷電，暴民集會，聲勢洶洶，黎元洪只有一走了之。王懷慶原是驅逐徐世昌、擁立黎元洪的賣力角色，如今又成了驅黎的主角。直系軍人乃至攔車劫印，無所不為，六月十三日，黎元洪去職，王懷慶、馮玉祥又自動復職。此後幾個月，元首虛懸，直到十月十日，曹錕賄選出任總統，才告一段落。

馮玉祥插身在此醜聞中，僅為薛篤弼爭得崇文門關稅督辦一職，這原是清末釐金稗政，攔路收稅，如今已成為亂局中，軍隊唯一可靠的餉源，生命線所繫，所以不得不爭。但付出的代價也太高了，多年來積存的「形象」幾乎全毀。直系軍人成為全國人深惡痛絕的對象，直系所控制的政府更是醜惡的同義字。

然而，馮軍卻在繁華的北京城旁，仍能保持淳樸軍風，訓練不懈；在學科方面，兵士、軍士、初級、中級、高級軍官的教材漸趨完整。在教官之中，除了陸軍大學畢業生外，也加入不少社會名流。從此馮眼界大開，格局也大不相同。

術科訓練，除了機械操、跑步、行軍外，又加上障礙超越（八道阻攔）、冬季的構築陣地（溝壘比賽）等難度較高的動作，此外除照顧殘廢軍人外，紀念殉職將士、教育軍中子弟、協助部屬完婚等工作，都持續去做，而且規模比以往擴大。在服務社會方面，如植樹、修路等工作，仍如以往，另有救助水災、圍堵永定河缺口等行動，頗得民衆好感；馮又倡導捐血救人，親自捐血，更是廣受讚嘆。這一榮一辱，兩面煎熬，慢慢在馮心中起了發酵作用，成為後來行動的遠因。

另方面，曹錕賄選成功，除了崇文門的關稅外，馮並未解決拖延已久的積欠軍餉問題，反而日益惡化，先是財政及軍需大權控制在津保派名人曹錕倖臣李彥青及弟弟曹銳手中，馮只得與二人結交，拜曹銳為師，與李彥青結拜金蘭，仍遭公然索賄高達六成後發放，而新上任的財政總長王克敏，則據此認為馮軍既已能領到餉械，而將原有各項協餉取消，改為每次按不足額請領，使得馮軍生計頓陷絕境，羅掘俱窮，企圖將妻子名下產業贈與部下，導致夫妻糾紛，馮妻不久病故，情況已如前述，此民國十二年十二月事也。馮喪妻後，另娶女青年會幹事李德全女士，新仇舊怨，積蓄已久，到了爆發邊緣。

民國十三年九月，孫傳芳聯合諸省軍隊攻擊盧永祥，馮玉祥主動申請參戰，伺機脫離困境，但遭曹、吳的否決。等到奉直雙方主力備戰時，才委派馮為第三路軍總司令，但軍費仍照陋規，遭曹銳、李彥青先扣去六成，馮玉祥布置已久，而有「首都政變」驚人舉動。

首都政變

民初軍閥往往給人「昔何勇銳今何愚」的印象，大約勢力一大，鋪展開來，就處處予人可乘之機。民國十三年九月，吳佩孚也走到了這一步，他雖和奉系宣戰，但手下驍將蕭耀南、靳雲鶚、齊燮元、孫傳芳，全都有重責在身，不能前來，只得勉強召集彭壽莘、王懷慶、馮玉祥分別擔任一、二、三路總司令，陣容已嫌單薄，等到吳親率大軍北上後，北京只有曹錕警衛旅，平日就極爲鬆懈，馮玉祥早已聯絡胡景翼、孫岳、王承斌、黃郛（膺白）等人，正準備襲取京師時，忽然發現張福來由河南而來，張的任務是作戰援軍總司令，控有十四師、二十四師等直系精銳，兼有防範馮異動的作用，雖有胡景翼隨張福來前來，但兵少力微，發揮不了多大作用。

當時在北京負責的人——馮的祕書長蔣鴻遇，坐鎮北京城中旃檀寺檢閱使署，蔣名義上是負責留守業務，祕密的任務則是伺機行動，並把每日北京城中情況向前線馮玉祥報告。張福來的部隊既和馮全軍實力不相上下，所以根本不敢行動。最後仍是前線戰況不利幫了大忙，王懷慶的二路軍先敗，吳佩孚挺上去，一路軍情況也不佳，吳的核心部隊第三師也敗退，吳佩孚不得已，在十月十七日開始徵調張福來的後援部隊，這項調動原應祕密進行，但直系的保防做得並不徹底，馮軍新兵團團長劉汝明，奉蔣鴻遇之命，親換便衣，到豐台車站，祕密計算每日北上的運兵車。到了十月十九日，馮已召集幹部會議同意回師，十月二十日運兵車全數北上，蔣急電馮玉祥，大軍開始行動，馮另外急電黃郛，命黃前往高麗營會合，黃當時擔任曹錕政府的教育總長，戰時照例有偵緝隊派員「保護」，黃與其妻沈亦雲設法脫離監控，黃另僱車前往，二十二日深夜擬商電稿，軍營中無桌椅，敲開鄰近民宅在土炕上寫成，內容包括國民軍三軍的創立宗旨，反對內戰，召集全國賢達，解決政治問題等。

二十三日夜，劉汝明部接應開城，鹿鍾麟旅、孫連仲團以二百里急行軍藉口運糧進城，孫連仲的手槍團是馮軍精銳，等於特戰部隊，孫恰與曹錕的衛團團長、副團長為雄縣同鄉兼舊友，藉口晚宴打牌將二人留住，一面動手將警衛團繳械，占領了總統府。鹿鍾麟的任務是逮捕李彥青、王克敏，結果王氏脫走，虜獲李彥青，逼出所有積欠軍餉、軍械後，將李槍斃。曹錕也遭軟禁。至此，馮部占領北京，完成了不流血政變。

另方面，吳佩孚先在北寧鐵路沿線，為奉軍將領李景林、張宗昌所敗，吳聞變後，開始回師，向楊村一帶集結，並通電江蘇齊燮元、湖北蕭耀南求助，但他們路程遙遠，一時無法前來，吳軍在十一月一日到三日，與國民軍大戰於楊村，再敗。吳潰敗後乘英勇艦出大沽，由海路輾轉回到湖北、河南。另方面，直系的大本營——保定——仍有曹世傑駐守，到吳南逃後，曹也被迫投降。這是「常勝將軍」吳佩孚第一次徹底的失敗，直系以武力統一全國的企圖爲之一挫。

但是擊敗直系的，卻是各種不同力量合作的結果，包括皖系、奉系、國民軍和廣州的革命力量等，一旦「反直」這項合作因素消失後，矛盾立刻凸顯出來。由黃郛暫時併組成的攝閣，幾乎被所有人看成「短命」的內閣，果然只維持了二十多天，就告消滅。

在攝閣期間，唯一的大事是修改清室優待條件，並命令清廢帝及兩太后出宮，因爲北洋舊將多半是清廷臣子，北京又是舊勢力的大本營，加上鹿鍾麟在執行時，以口頭恐嚇，如不限時離宮，就在景山上架炮，所以鬧出軒然大波。旃檀寺以火災爲由，封鎖交通數小時之久，因此有人指責馮藉此盜賣國寶，但從事後數十年種種跡象看來，即使有人趁亂竊取，爲數也不太多，而且馮氏本身並沒有大量盜賣寶物，大致可以斷言。觀念較新的社會名人如吳稚暉、章太炎、國父均對此舉表示贊成。

政變的目標是推翻曹錕政府，但推翻之後如何進行，則分歧很大，所謂「社會賢達」，主要有兩人，一是北洋僅存元老段祺瑞，一是開國元勳國父孫中山先生，兩人政見南轅北轍，後來擁段祺瑞聲勢漸高，使馮玉祥不得不退讓，改擁段爲臨時執政。

但是在此之前，馮玉祥已經多次與國民黨要人往來，並閱讀國父親筆所寫的《建國大綱》一書，啓發良多。十一月七日，又派基督徒馬伯援持親筆信邀國父北上會議，討論善後問題。中山先生本是任何龍潭虎穴都要闖的人，所以得函以後，就積極部署北上。段祺瑞則害怕中山先生入京對他的地位不利，張作霖也不願中山先生北來，先是急急在十一月自行就職，又草草召開「善後會議」，抵消中山先生的「國民會議」各項主張，並對列強在華所有特權，一律承認。國父憤怒，認爲段毫無誠意，但仍抱病抵達天津，再進北京，已經肝癌大作，延至十四年三月十二日病逝。

中山先生的到來和死訊，給予北京青年心靈絕大的震撼，國民黨人的活動竟可以公開進行，民衆運動油然勃興，久處於腐敗、醜惡統治下的北方，聲勢竟爲之一變。

中山先生遺體由協和醫院裝入玻璃棺，再運往北京社稷壇公祭，段祺瑞曾先派人反對未果，又託病不肯前來致祭，使得自動前來弔祭的軍民學生超過十餘萬人，聞訊大譁，痛斥執政昏庸。革命宣傳因此蓬勃發展，但馮玉祥本人卻在計畫著逐漸退出臨時執行政府的軍政舞台。

這是因為段祺瑞支持張作霖，壓迫馮玉祥所致。張作霖當時擁有部隊約二十萬人，另有軍艦、飛機助戰，馮雖有能力將張氏父子在北京一次解決，但對奉軍全體的戰鬥力卻不得不忌憚三分。馮政變之後，只有五萬人左右，無力與張一爭長短，所以一讓再讓，奉軍入關攝閣崩倒，馮先退出天津、直隸，又為解除長江流域直系諸督的怨恨，十三年十二月二十四日通電下野，先避居北京附近天台山，並請辭陸軍檢閱使、國民軍總司令職，一度造成段祺瑞的恐慌，因為段的存在完全靠馮、張之間的平衡才能維持，所以經過一再懇求挽留，才決定馮的新職，即是一年半以前張紹曾任總理時，發表的「西北邊防督辦」一職，此時李鳴鐘為熱河都統、張之江為察哈爾都統、劉郁芬代理甘督，馮正式上任，軍隊也改稱「西北軍」。馮氏退處張家口，以建設「新西北」為己任，暫時避開和奉軍的正面衝突，但也對大局沒有裨益，尤其國民二、三軍風評極差。胡景翼任河南督軍，孫岳任省長，這兩軍雖有國民軍的番號，但召收太過浮濫。胡死後更是橫征暴斂，百姓苦不堪言，兩年之後，鄉民群起抗暴，參加紅槍會，竟達兩百萬人。

到了這個地步，政變的意義幾乎已經完全喪失，只剩下建設西北稍有成績，差可安慰，也成為日後「西北軍」挫敗後，恢復元氣的大後方。

西北邊防督辦

馮氏既到張垣市，就著手建設「新村」，發動工兵建石屋數十幢，作爲軍政中心，並在一年半的任期內從事多項社會福利事業，雖然規模不大，但總算有了照顧社會貧弱的組織。如老人、嬰兒、孤兒、婦女、青年、工人、車夫均有休息處或照顧的場所，此外如禁娼、戒煙，醫院、旅館也陸續開設，教育方面則有平民教育、五族學院等，此外又修建小圖書館、公園、馬路、河道等，頗有一番振作氣象。

馮氏既處僻地，國民黨中的幹部日夜奔走於京張道上，爭取他成爲盟友，交情由淺而深。此外與俄國關係也日益密切，因爲天津爲李景林所扼，尋求俄援是唯一出路，國民軍系中，最早求援的是二軍的胡景翼，在民國十四年元月，俄人接到胡的申請，並派人到胡軍中擔任顧問。

馮玉祥自然不能無動於衷，也積極找尋聯絡人，和俄方接觸，其中較重要的有：徐謙（季龍）（國民黨中聯共的重要人士）、共黨首領李大釗，以及毛以亨等人。民國十四年三月二十一日，蘇聯政府通過軍援國民軍案，馮方和蘇俄、國民黨代表談妥權利及義務後，第一批軍事顧問即到。這批專家原是準備赴胡景翼軍中服務的，因爲胡在四月十日病死，所以轉往馮軍中服務。俄人在馮軍中的工作開始甚難，頗遭猜忌，而且活動僅限於軍事專業。俄人盛讚西北軍軍人體能戰技，但對武器的落伍也嘆爲觀止，例如全軍有火炮一百二十九門，其中有三十門服役已超過五十年，其餘諸炮也沒有準星，全憑目測瞄準，此外步槍有七種系統，機槍有六種系統，這都逼使軍閥部隊的首領，永遠要和列強合作。俄人爲了幫助馮不再依賴列強，付出了很大的心血。到民國十五年七月，俄人提供了步槍四萬支、大炮四十八門、機槍二百三十挺、飛機三架及其他軍械，這些武器彈藥，使得馮逐漸有資格，喊出「打倒軍閥，以及它背後的帝國主義」，並且與中山先生所領導的革命力量合作，顧問們並對蘇聯政府做成報告云：

> 馮玉祥具有農民的反抗性，但封建意識濃厚，可爭取為同路人，不能希望做革命軍的主力。

另外工兵顧問謝爾蓋負責南口構築工事，其餘則分散於各訓練機構，包括幹部學校、軍官教導團、交通教導團、騎兵、炮兵、鋼甲車等訓練班，教材也由俄文翻譯而來。又設兵工廠，飛機在此一全盛時期約二十架，全軍十二個步兵師，騎兵兩師，炮兵兩旅，交通隊一團，合計十五萬人。

迅速擴充使馮玉祥成爲北方僅次於張作霖的軍事強權，他並且陸續支持胡景翼奪取豫督（胡死後由岳維峻繼任），孫岳企圖奪取直督，馮也予以支援，奉系和國民軍系將領的競爭擴充，很快就成了衝突，最後因爲郭松齡、李景林事件而爆發。

直系全面敗退後，孫傳芳卻崛起東南，奉系所支持的將領，因爲戰線太長，將東南各省一一放棄，而以徐州爲南限，奉軍的精銳也就分布在津浦線的沿線，魯督張宗昌防守徐蚌、李景林防守保定、大名，郭松齡駐山海關。國民軍也紛紛向上述各地集結，雙方已成一觸即發的情況。

由於段祺瑞的極力協調，奉方首次讓步，李景林讓出保定、大名，由國民軍將領孫岳駐守，國民軍遂控制了京漢線北段。馮玉祥爲何不再對張作霖退讓呢？因爲一則羽翼漸豐，二則奉系將領郭松齡已和馮有祕密約定，發動的方法則模仿馮玉祥，先由國民軍吸住奉軍的主力，然後郭由前線回軍，攻擊奉軍本部。關鍵在李景林，郭松齡和李景林交情深厚，希望他參加此次「倒戈」，但馮加入的主要動機，則在奪取天津和直隸，取得出海口。所以李景林就成了默契下的犧牲者。

所以當郭松齡在十四年十一月二十一日開始「倒戈」時，馮軍也猛攻天津的李景林，李景林忿極，通電歷數馮氏「罪行」，並全力抵抗，戰鬥力之強頗出國民軍意料。一個月以後，郭氏夫婦失敗被殺，李鳴鐘、韓復榘建功擊潰李氏，但損失約十萬人，而對形象的打擊更為嚴重。馮玉祥為了減少贊助陰謀的批評，竟將血戰所得的天津和直隸，保舉孫岳繼任，孫岳既非馮嫡系部隊，攻天津之役也沒有功勞，所以李鳴鐘極不諒解。另外，宋哲元也在亂局中取得熱河，算是國民軍另一項收穫，這些行為當然引起張作霖更大規模的報復。

先是日艦在大沽口與馮軍衝突，引起使節團對國民軍的反感，保守者人心惶惶，以為大禍將至。奉系又和吳佩孚合作，聯手夾擊馮玉祥，吳自稱討賊軍總司令，並在郭行動時通電張作霖說：從前馮玉祥倒戈令我痛心，現在郭松齡倒戈，想必你也是很痛心的，我生平最恨的就是這些反覆無常的小人，現在我很願意援助你。

情況逆轉時，更糟的是，西北軍主帥馮玉祥突然宣告下野，十五年一月九日段祺瑞准其出洋遊歷，西北邊防督辦一職，由張之江繼任，馮的怪異舉動並不能阻擾奉、直兩軍的進攻，反而使國民軍群龍無首，陷入苦戰。

十五年二月，鄂督蕭耀南原是吳佩孚舊屬，卻突然暴卒，吳接長湖北，聲勢大增，張作霖批評馮玉祥用兵專喜「曖昧」一途，馮多次瀕臨大事，突然抽身，雖然有得有失，此次卻是大敗的徵兆。

吳佩孚的舊將靳雲鶚在山東聲勢再起，開始攻擊河南，十五年三月，岳維峻受紅槍會包圍不戰而敗，全軍覆沒；天津孫岳的部隊腐朽脆弱，剛取得天津不久，又遭李景林殘部反攻，輕易奪去，並展開報復性屠殺，在天津曾與國民軍接觸的人，一律殘酷處刑，新得的地盤完全喪失。

另外，全國反帝國主義的怒潮蓬勃，革命軍由廣東北伐，加上國民軍防守的北京城警衛，對國民黨人的活動，採取較友好的態度，再加上共產黨和勞工運動，使得北京永無寧日。民國十五年三月的群眾大會，百姓竟遭段執政的衛隊射殺四十餘人，受傷者一百五十餘人，輿論譁然。

段祺瑞見局勢逆轉，先依馮氏，到了民國十五年四月，馮軍逐漸不支，又轉念要聯絡張作霖，引奉軍入城，結果遭鹿鍾麟窺破，鹿且以爲消滅段祺瑞的臨時執政，可以緩和吳佩孚的進攻，所以包圍執政政府，收繳衛隊槍械。西北邊防督辦雖由張之江接任，但不能統率諸將，鹿不顧張的反對，撤銷執政政府，並電請吳佩孚前來主持一切，吳佩孚已經勝券在握，當然毫不理會，繼續進攻。四月十五日，西北軍全軍退出北京，退守南口，北京則交給王士珍等名流組成的維持會負責。這當然是張之江依照馮所留下的詭異布局而有的舉動，輕棄名城，實在是不可思議之至。西北軍也爲此付出了空前慘重的代價。

四、北伐戰功

南口之戰與赴俄求援

南口位於北京城西北方二十多公里處，是平綏鐵路通張家口途中的一個小鎮。現在中共擴大北京市的轄區，已經列入北京範圍之內，當時則歸昌平縣管轄，也是黃淮平原進出太行山脈的重要孔道之一，險峻著名的居庸關、八達嶺都在它的西北。興建鐵路有功的工程師詹天佑銅像，則在居庸關西北，平綏路最高點青龍橋車站，如今軍人興兵於此，面對先賢，一則建設一則破壞，不免汗顏。

南口構工開始於民國十四年夏，到十五年四月，仍在逐步加強中，在當時已經是號稱最強固的陣地，壕溝深闊，利用平綏路電力，前置電網，後設地雷。四月直系、奉系、直魯聯軍（張宗昌已併吞李景林部）、晉軍四路圍攻，兵力在五十萬人左右，國民軍歷次擴充，全軍也有二十萬人，仍處於內線挨打地位。

開戰以後，山西閻錫山由晉北攻張家口（張垣市）西南方，反遭西北軍宋哲元等痛擊，隨即訂定和平協議，晉軍本是牽制攻擊，西北軍卻因為事關後路安全，所以集中兵力全力對付，迅速解決，再抽調精兵，分赴熱河及南口前線增援，這種打法在初期頗為奏效。即使在戰事最緊張的時期，徐永昌、韓復榘、石友三等部隊仍待命綏遠集寧（平地泉）以防晉軍由西北軍腰部截斷退路，事後這三路損失最少，全數暫歸晉軍收編。

南口正面守軍為劉汝明第十師一萬四千人，後來則有二、三、四師合計四萬人，劉汝明剛升師長，表現優異，力抗敵軍達四個月之久，從此成名。一開始由直魯聯軍先攻，成效不彰，改由吳佩孚牽靳雲鶚、田維勤、潘鴻鈞攻南口正面，靳、田兩部在吳佩孚失敗時，曾歸國民軍收編，此時奉命來攻，不甚得力，吳一怒之下，將靳免職，全力進攻。奉軍則以火力強大著名，一日之內，曾射擊一萬發炮彈，甚至連西北軍第十師指揮所也遭擊毀，但西北軍陣地並未動搖。民國十五年六月初，吳佩孚第一次總攻擊全面頓挫。

第二次攻擊發起時，奉軍張學良、張宗昌親乘鐵甲車上陣，所謂鐵甲車是改裝後的火車列車，有五、六節，可藏七五炮及機槍，行動迅速，當時以為利器，西北軍瞄準車廂射擊，雖未能貫穿，但也震得車內的人十分難受，張學良自覺涉險，就不再用鐵甲車。飛機雖有，但炸彈威力甚小，只能用作擾亂；坦克馬力也小，衝不過外壕，所以攻擊又告失敗。

六月下旬，西北軍援軍開到，計兩個師一個團，掩護左右兩翼，直魯改採包抄迂迴，打到七月初，第三次攻擊才告結束。

不過，久戰疲憊缺乏補充的第十師劉汝明，究竟還能撐多久，已經成為影響全局的關鍵所在。鹿鍾麟在七月十日主張撤守，退到居庸關、八達嶺一線，但張之江則得到廣東消息，得知北伐軍已入湖南，續守南口，有牽制直、奉主力的作用，主張繼續堅守，張作霖也教吳佩孚撤軍南下，但吳絕不鬆手，非要消滅馮軍不可。吳的憤怒對北伐頗有助益，事後蔣總司令也讚賞此役。

> 南口戰役苦戰四月，犧牲之大，因之牽制奉軍、直軍五十萬之眾，不能南下守鄂，促使我北伐軍事順利出湖南，破竹之勢，消滅反革命勢力，進入武漢，是北伐成功，多賴南口死難烈士，其功不可沒。（國民軍南口陣亡將士追悼大會，蔣總司令致詞）

但是當時守南口的將士卻覺得絕大的悲哀，多年來高喊的救國救民，最後也落得打內戰，搶地盤，一敗塗地的下場。對方陣營中，也起了變化，吳佩孚已經兵力用盡，師老兵疲，張宗昌也因爲山東土匪猖獗，調三萬人回魯，只有奉軍源源不絕繼續開上戰場；一方面資助閻錫山械彈，讓他繼續攻擊西北軍後方，在熱河前線的宋哲元，只得抽調回防，多倫遂在將領內訌下陷落，而危及全局。

北方防線既破，八月十四日（一說十五日）鹿鍾麟令劉汝明撤退，劉答以延到天黑再走，當天下午陣地就被中央突破，有被截斷的危險，奉軍第十軍于珍爲破南口首功，大軍撤守境況悲慘。因爲設在張垣市的邊防使署也已先撤守，沿途車廂翻覆，鐵路不通，只有靠騾馬和步行，補給斷絕，山區苦寒，兵士凍死、凍傷者無數，逃竄者亦多，只有慘絕人寰可堪形容。

敗軍退到綏遠境內，集寧（平地泉）的部隊又已經先撤往歸綏、包頭，韓復榘據歸綏，石友三據包頭，拒絕服從命令再往西退，且依附閻錫山。張之江、鹿鍾麟仍率尚肯服從的部隊西退五原，總計退軍全程約六百公里，走了一個月左右，損失軍械彈藥無數，輜重幾乎一空，以劉汝明第十師爲例，損失兵士一半以上，全軍折損五至六萬人，這是自馮建軍以來，第一次空前的慘敗。

另方面，馮玉祥自從民國十五年一月辭職後，三月由集寧（平地泉）再遷庫倫，外蒙久在俄人保護之下，此舉當然受到蘇俄當局的庇護，三月二十三日抵庫倫，沿途飽受俄人預設的政見干擾，如先承認外蒙獨立，再談一切；先加入共產黨再談一切等，馮在庫倫總共待了一個月（三至四月），國民黨及共產黨幹部連番遊說，據說其中較重要的有顧孟餘、于右任以及俄國顧問鮑羅廷。停留期間（四月三日至七日）以激將法質問：「馮若有具體救國救民的整個計畫和政見，且又勝過國民黨，俄人願捨棄國民黨而輔助馮，如果沒有，則請加入國民黨。」馮遭國民黨人勸說數年，如今已圖窮匕見，內心大震，最後馮採擇家人意見，決定一、絕不出賣國家權益，換取外援，二、不加入共黨，而加入國民黨。主意既定，取道赴俄求援，又有許多準備工作。

一則隨行人選：除徐謙外，西北軍幹部李鳴鐘、張允榮、劉驥隨行，翻譯爲勾增澍、駐俄領事毛以亨，以及傳令員十餘人，由傳令長魏鳳樓（上校軍階）率領，魏在天津攻李景林時，曾手斫六十多人，以剽悍忠勇聞名，擔負馮的安全。行李五十餘件，有豪華西裝、白貂皮大衣等，豪奢爲馮生平僅見，大約是不願讓外人輕視之意。

馮夫人李德全則留在庫倫待產，產後再赴俄團聚。經費方面，總共七萬元，其中五萬元爲李鳴鐘所捐獻，馮平日積蓄無多，此時全靠衆人湊數，毛以亨亦出九千元，途中尚可支持，到莫斯科後久居無聊，食宿奇昂，縮衣節食，窘態畢露，遂遷居鄉間，但領略了不少所謂共產革命的奇景。

莫斯科有壯麗豪華的一面，俄人革命後，芭蕾舞劇、歌劇、豪華宴會仍照常舉行；高幹們戴著十克拉大鑽戒、珍奇飾物相互餽贈爲樂，另方面雖設立了一些廉宜的「農民招待所」，卻極難安排住進去。但馮則表現甚佳，先在中山大學高談自己打倒帝制的豐功偉業，獲得留俄學生歡迎（蔣經國先生當時正留俄），隨後又公開宣布加入國民黨，並派徐謙、李鳴鐘、劉驥先行赴廣州，申請入黨，以絕共黨遊說。

又利用時間，參觀俄人建設、工業生產計畫及水利設施，尤其頓河伏爾加發電廠，電力產能遠超過當時俄國工業所需，可知俄人志氣恢弘，又訪問俄紅軍宿將，討教戰術、戰法，獲益不少，對共產黨人的嚴肅、紀律，也大表讚佩。此外努力研讀俄文（當然收效極微），暇時執斧鋸習木匠，又聘一畫師教他「簡筆畫」，當時俄共領袖史達林也喜好簡筆畫，顧問團團長林盛讚馮和史一樣進步極快，這是畫風簡樸，諷刺現實，正對了馮的性情所致。

馮玉祥一行人在俄京等待愈久，西北軍戰況也愈不利。決策者史達林則在黑海附近避暑勝地養病，並寫了一封信給馮，說是病好回京後，再約定見面，馮只有遙遙無期地等待。但軍援方面總算有了著落，把原先裝備五萬人的計畫，擴充八倍，成為四十萬人，馮氏聽到這個消息，自然喜出望外，親自下廚烤餅，用手一抖，餅就在鍋中翻了一面，馮並說：「你看我向上一抖，眞正能抖起來了。」

另方面則傳來全軍敗退的噩耗，促馮立刻整裝，於八月十七日（南口敗後第三天），祕密返國。總之，馮此次求援大體是成功的，但俄人則另有考慮，他們希望武裝後，中國軍隊能爲他抵擋東方（尤其是日本）的壓力，在這方面俄人頗爲成功，可以集中較大力量，應付西方問題。

另外軍援物資，中國北伐各軍答應成功後，攤還五分之二，後來因爲北伐途中，就開始清黨分共，所以俄援一概不算，史達林爲了援華，在黨內擔了極大的風險，當時托洛斯基猛烈抨擊史達林是大失敗者，中國革命家是大騙局，輿論都不主張繼續援華，所以延誤數月，未能做出決議的背景在此。中國北伐成功後，果然面目一變，改採親西方政策，當然更教史達林恨之入骨，引起日後無數爭議。

五原誓師

先是廣東方面譚延闓主席、蔣總司令等來電，邀馮赴粵參加革命，馮遂派李鳴鐘、劉驥爲代表，六月由俄赴粵。七月，毛以亨等人先回，負責沿途照料，另外派出張允榮到海參崴自費採購軍火、油料，這批錢第一筆七萬元已有張之江的私蓄在內，以後在退軍時發揮不少效果。八月十七日馮迅速整裝回國，九月上旬在俄境塞楞金斯克（或名烏金斯克，在俄蒙邊界上，距恰克圖〔買賣城〕數十公里），毛以亨受馮之薦，在此擔任領事，人少路遠，禮數漸疏，又引起馮玉祥不快，在此停數日，等俄境車來，始赴庫倫。途中因雪地難辨，在由庫倫赴五原途中，多次迷路，幾乎落入敵軍範圍，在荒漠上遇到敗逃的西北軍軍官，勸馮逃往俄境亡命。九月十二日夜，馮獨坐戈壁荒漠岔路上，徹夜長考，最後決定全力前進，十三日前往五原，途中遇鹿鍾麟殘軍，十五日陸續又碰上宋哲元部隊，另外較弱的盟軍二軍、三軍、五軍、六軍也都有人到來，馮是善用心理戰的，他一面出示張允榮在海參崴自費買到的少許軍械，重機槍數十挺，表示俄援已到，一面召集敗退部隊。

當時餉械奇缺，天氣漸寒，軍服尤爲急迫，大墾戶王英擁有農田、羊群甚多，獻羊數萬頭，軍食軍服稍稍解決，甘肅劉郁芬、薛篤弼則送來十萬元軍費。王瑚（鐵珊）是馮在北京時，薦往包寧鐵路督辦的，鐵路數年未辦，經費也逐漸耗散，王瑚坐困愁城，一籌莫展，此時聽說馮軍乏資，也捐數萬元，幾處匯款，稍能應急。加上劉驥捐款二百萬元，以及日人布施勝治所記李鳴鐘捐款三十萬元，鹿鍾麟捐款六百萬元，五原遂能壯大，廣東的革命政府也另有接濟。

九月十六日馮玉祥親率幹部，宣誓就職國民聯軍總司令，宣誓詞中，把他歷年來實際參加「革命」的事蹟串連起來，大大宣傳一番，並由國民黨要人于右任先生監誓。于先生是開國的革命人物，此次奉命勸說馮玉祥加入北伐，也是辛苦備嘗，先追隨馮到俄國，旅費用盡，回程中在領事館想以小賭賺取旅費，結果每賭必輸，加上途遇西北敗軍，頗遭侮辱。還是靠馮的威名，才把亂軍嚇退，在戈壁中巧遇馮等，同歸五原。

九月十七日，天氣晴且冷，于先生首如飛蓬，頭髮已經花白，鬚長至腹，戴黑色舊學生帽，上身夾襖、下身棉褲，以貴賓、上級指導員身分蒞臨，其餘自馮玉祥以下，軍服都是雜色土布縫製的棉衣，襤褸可笑，或有襪無鞋，或缺領章、肩章，就是這樣形同乞丐的部隊，數日之後，就組成扭轉乾坤的強大兵團，實在不可思議。

日常生活，更有許多奇景，如早上洗臉，馮捧冷水半盆，總司令幹部圍成半圓形，馮先吸一口水，漱口後吐在雙掌中，抹濕雙手，再抹臉頰，再擦乾就算完事，總司令部五、六人，輪流共用此半盆水。

用飯則參謀長運馬糞，祕書長生火，總司令雙手提一桶小米粥站在火堆上，煮熟，再配乾糧食用，號稱「革命飯」。以後十年、十二年紀念大會，老西北軍人談起五原慘狀，無不色變。當天儀式完，即用革命飯，于則爲貴賓，西北軍中不少靖國軍于氏舊部，所以他在西北頗有影響力，在此次合作中扮演要角。

次日，民國十五年九月十七日，再由于先生授旗，青天白日滿地紅國旗高掛在「國民軍」中，又頒布治軍新誡條，名爲「九一七新生命」，此後「九一七」成爲國民軍重大的紀念日。

西安解圍

秋後，五原苦寒非久待之地，國民聯軍（此時又恢復國民軍番號）稍做幾天的整補、合併，決定先殺出一條血路。經過討論之後，在路線上，也拋棄了馮傳統出包頭、張垣、反攻南口的打法，改成先鞏固甘肅、入陝西、出潼關的大部隊作戰手法，這種布局一方面可援救被困在西安的國民軍二軍楊虎城、李虎臣（均爲靖國軍舊將）。西安圍城，也是從民國十五年四月，徹底消滅西北軍的計畫之一。對手是「鎭嵩軍」劉鎭華，劉是陝西軍界有名的不倒翁，爲人機警幹練，動員的兵力也很強大。但守城的楊虎城、李虎臣也很頑強，他們原屬「靖國軍」，後來併入國民二軍。西安城高大易守，但軍食困難，鎮嵩軍火力不強，但人力衆多，就地挖了幾重壕溝，長期圍困。

據說李、楊二將已經準備殉城，相約城破時，一個在鼓樓、一個在鐘樓上吊。援陝諸軍，以孫良誠爲主力，因爲孫良誠師在直、奉圍攻時固守甘肅，吳佩孚策動甘軍集合三萬餘人夾攻，孫兵雖少，但集中使用，將攻擊部隊一一擊潰在蘭州附近，成爲西北軍中僅存的完整戰鬥部隊。所以馮命他爲援陝總指揮。另外馮親身涉險，到韓復榘、石友三駐防地，勸兩人回歸西北。所以方振武、韓、石、孫連仲、馬鴻逵、陳希聖、劉汝明都在序列之內，算是傾巢而出。西安攻防戰，一直僵持到十月，城內已經餓得遍地屍骸了。孫良誠率軍疾行，十一月攻克咸陽，但西安城的圍城部隊仍十分強悍，分兵向孫軍進攻，配屬的方振武、馬鴻逵又不得力，幸而劉汝明見雙方相持不下，建議由長安南邊子午鎮一帶，繞道攻擊西安的東邊。因爲劉鎮華的部隊集結在西方抵抗孫良誠，所以這是一條出敵不意的奇計，對方防線稀疏，步哨兵不確實，劉汝明師前進順利，十一月二十七日，已經深入敵後，並填平壕溝，迎救出被困八個月之久的西安守軍和民衆，鎮嵩軍稍一接觸就上刺刀，原以爲這是表示他們十分勇猛，後來才知道，圍攻的部隊子彈也已告罄。國民聯軍則連刺刀也沒有，全靠銳氣衝鋒，鎮嵩軍全軍敗退，劉汝明直追到一百多公里外的潼關而回。孫良誠因為方振武攻城無功，不許他南渡渭水參加追擊，引起方的不快（方振武原是張宗昌部下，後投國民軍，曾赴五原共患難）。劉汝明則收穫豐碩，計有野戰炮、汽車、棉衣、俘虜、步槍、軍用棉衣等，孫良誠雖然立下國民軍北伐第一功——西安解圍，但毫無所獲，不僅喪氣，諸將又不服從，所以孫堅辭總指揮職。

前方將領既有意見，部隊自然停頓，目前國民聯軍雖號稱擁有綏遠、甘肅、寧夏、陝西四省，但糧餉所出，全靠陝西，駐軍一多，實感吃力，幸而巧遇豐年，市面上糧食充裕，但軍費缺乏，先使用「西北銀行」的紙幣（在張垣所發行的）。不久紙幣用盡，再借陝西省立的「富秦錢局」所印的銀紙，加蓋總司令部印通用，號稱「加字票」，這些任用紙幣，民間抵制得很厲害，但受制於軍令，不敢不收。不久「加字票」也用完了，理財者手中只剩五百現金，全部拿到市面上，購買紙張，加蓋印信後使用，名為「金融流通券」，因為全無基金，兌換更加困難，民間抵死不收，最後折衷為折扣通用，這項辦法，等於完全取給於民，所以馮玉祥多年後仍耿耿於懷，希望國民政府能夠收回此券，給百姓些許補償，但事與願違，大都不了了之。真正做到收回的是馬鴻逵，在他繼任寧夏省主席後，收回煙土專利，並動用贏餘，收回寧夏的「流通券」二百多萬元，算是亂世中差強人意之舉。

除了「流通券」外，軍方虜獲煙土甚多，也開始搭配發放，此外，全軍停止領餉，士兵每月只借伙食費五元，軍官十元，不久又不能支，士兵減為三元，軍官五元。

在軍事上，劉鎮華退出潼關後，就開始受到他弟弟劉茂恩的影響，對北伐軍和國民聯軍主動表示好感，雙方已成和局。南方北伐軍則在武漢光復，擊潰吳佩孚主力後，轉而向東，開始撲滅孫傳芳的主力，民國十五年十一月克九江、南昌，十六年三月克安慶、南京。另一路則由福建北上，進展順利，也在十六年二月克杭州，三月光復上海，兩軍會師。

在一片勝利聲音中，馮玉祥不能坐困愁城，繼續剝削陝西的民脂民膏，何況整頓兩個月，陝西全省肅清，沒有不出兵的理由。民國十六年一月全軍分為五路，形狀略如由西向東的巨大手掌，每一路軍則是一隻手指。中路軍相當於中指，沿隴海路東進，由馮親率，孫良誠仍為總指揮，並將合作不愉快的劉汝明、方振武調開。右路軍為食指，目的在打通和北伐軍的補給聯絡線，由孫連仲率領。左路軍徐永昌率領，等於無名指，借路山西，攻石家莊，南路軍等於拇指，直下豫西，由岳維峻率領，北路軍是小指，由寧夏、綏遠，趨察哈爾、熱河，這是湔雪「南口之敗」的恥辱，五路合計三十萬人，聲勢雖壯，效果不佳，其中較有成績者爲「二孫」——孫良誠、孫連仲部，其餘或逗留不進，或陽奉陰違，尤其在左路軍徐永昌遭閻錫山扣留、改編，損失數萬人，岳維峻軍逗留不進，令馮大爲沮喪，閻錫山併呑徐永昌部隊後，立刻向國民政府和馮表示好感，更使馮進退兩難。

河南之戰

攻下西安後，馮麾下各軍對繼續「北伐」（北伐是對國民政府而言，馮軍的作戰則是南下、東出）意願不高。加上財政極端困難，強制徵兵、徵糧，造成百姓聚衆抗糧、抗捐，戰鬥力出奇的強，即使調動精銳劉汝明、方振武師前去彈壓，也費時數月，才漸告平息，所以有三、四個月的整補。

戰場上的情形是瞬息萬變的，吳佩孚、孫傳芳遭國民革命軍擊潰後，軍閥中完整的軍隊，只剩下奉系一支，剩餘的小軍閥紛紛投靠奉系。吳佩孚的部下也分爲兩派，一派主張聯軍，另一派主張聯絡革命軍，後者以靳雲鶚爲主。所以奉軍不斷南侵，兼併靳雲鶚在河南的地盤，靳就向蔣總司令緊急求援，蔣公計畫分四路北伐，援助靳雲鴞，因爲寧漢分裂，服從蔣總司令的第一路軍和第二路軍互相對立，並保留了大部分兵力防範對方，而告暫停。

蔣公的北伐計畫被擱置後，武漢方面卻因爲社會騷動不安，經濟枯竭，決定靠北伐來打破僵局，乃命唐生智繼續北伐，並給予馮玉祥第二集團軍總司令的頭銜，閻錫山則在徘徊良久之後，終於決定參加革命軍，成爲第三集團軍總司令，閻馮表態後，武漢方面聲勢爲之一壯。加上馮在該年五月一日勞動節，以紀念在北京被捕殺的學生及共黨分子李大釗等二十餘人的殉難爲號召，舉行慘烈悲壯的就職大典，群情激憤，並將國民革命軍第二集團軍編成九個方面軍，決議東進。

困擾著馮的，仍然是老問題，第一是錢，諸將奉命出戰，但所領到的往往是搭配了很多用石印的「流通劵」，所以大表不悅，連最忠誠的戰將孫良誠都表示氣餒，他通電馮氏說：

武漢前來的部隊都用現大洋，各地人民無不歡迎，唯有我們卻一塊現大洋也沒有，只是拿軍用券和人民淘氣（嘔氣），就算勉強用了，也處處受人民的白眼，使人民對我們的部隊，起了惡劣印象。

石友三也有同樣的意思，馮只有空言安慰一番，一元軍用票，在市面上由七折落至三折，最後無法通行，幸得鐵路局慨然承收，才稍有轉機，馮氏則心急如焚，再三說明：

我輩已屆暮年，過此不圖，不僅虛此一生，且將以此污穢之名，貽之當世，並為後人所唾罵，孰得孰失，望諸將領，放大眼光去看，自可了然。

此時武漢派出的北伐軍唐生智，正沿平漢線上蔡、偃城北上，與奉軍及吳佩孚殘部浴血奮戰，甚盼二集團軍來援，但馮出潼關，則會先遭遇劉鎮華，劉自從去年被馮逐出陝西後，態度游移，一面接受馮第二集團軍第八方面軍的職務，同時也接受吳佩孚任命爲陝甘剿匪總司令，又擁戴張作霖爲安國軍總司令，且接受閻錫山的資助，劉既然抱定四面不得罪的態度，遇到馮軍前進，只能倉皇撤退，所以馮軍迅速克復靈寶、陝州、盧氏、洛寧、澠池等地，虜獲火炮十六門，機槍十二挺，步槍五千支，車廂百餘輛、官兵六千餘，戰果豐碩，折損極少。劉鎮華敗遁。續攻洛陽、鞏縣，已接觸奉軍，此時奉軍主力，正和唐生智決戰於平漢線的鄭州，側翼薄弱，所以一受攻擊就全線潰敗，馮軍更乘機吃了個飽，獲得軍械、車輛更豐，但前後出師約一個月，損傷只有四百人（汪精衛報告），就獲得了很大的進展。而唐生智方面，在戰況最激烈的時候，則每日傷亡二至三千人，河南之戰全軍傷亡一萬四千人，難易之分相差百倍，就很明顯了。

隨後，兩軍合作，追敵到開封而回，完成中原會師後，馮軍占領下的最前線，河南、河北交界處的安陽（彰德），又發生「紅槍會」之亂，河南紅槍會根深柢固，曾經多次將零星部隊繳械，包括國民二軍的岳維峻、吳佩孚、鎮嵩軍、直魯軍、奉軍等，都吃過「紅槍會」的苦頭，此次會匪攻占彰德，馮軍報復，幾天後，吉鴻昌師長率大軍圍剿，殺各村千餘人始定。

這些騷亂固然使得二集團軍在河南逗留不進，但是更重要的是，「寧漢分裂」，雙方都急於爭取閻馮，使得兩人頗有待價而沽的意味。

先是民國十六年四月，南京方面，在共黨分子攻擊外僑、製造事端後，決定「分共清黨」，消滅加入國民黨的共黨分子，先派毛以亨遊說馮玉祥，再由黃郛接線，完成蔣總司令特使和馮的連線。黃郛在馮首都政變後，出任攝閣，以後馮軍退卻，攝閣崩倒，黃郛最後以段祺瑞執政代表身分，赴張垣探問馮的態度，馮則故意避不見面，黃知大勢已去，遂轉往南方依孫傳芳不成，再投舊友蔣總司令，馮既從俄國回來，駐軍五原，就寄出一封長信，肯定黃郛是第一流人才，從此恢復交誼。

此時馮大原則仍傾向武漢。兩軍會合後，在六月十日，由馮玉祥主動召集「鄭州會議」，但是武漢立場十分軟弱，所以任由馮予取予求，除了將西北（陝西、甘肅）軍政、民政大權交給馮玉祥外，更重要的是武漢方面要人汪精衛等，爲了聯絡和馮的感情，決定唐生智回防，把河南地盤拱手奉送，使馮軍能夠迅速壯大，所以有人事後評論：

武漢北伐軍血戰的結果，使馮玉祥成為一個投機的順利者，他幾乎未經戰鬥，便輕易取得河南地盤。（李雲漢《從容共到清黨》）

馮在會議中，深切感受到武漢政府的虛弱，可能最重要的是，向武漢求取金錢上的援助時，面面相覷，毫無著落，六月十三日，與武漢方面會議甫告結束，獲得大量空白的許諾後，馮立刻向東轉，和蔣總司令會面於徐州，六月十九日的徐州會議由蔣主動召開，與會的除了國民黨要人胡漢民、戴季陶、李烈鈞等，更有李宗仁、白崇禧等將領共百餘人，相迎於徐州九里山火車站。

馮氏飽經變折，知道此舉關係重大，連總司令的隨員也不知道將赴何處，他將祕書長何其鞏、熊斌等人安排在頭等花車中，自己卻藏身鐵篷車。事前又下達命令，令鐵路局備車西行，到車站後，才下達口頭命令，轉而往東，火車調度費時，車子發動後果然又遇到炸彈，馮氏幸而得免。車到徐州後，土布衣履的馮玉祥，和皮鞋晶亮、佩劍光耀的歡迎人員，頗成對比，也成爲日後難以長期合作的伏筆。

馮氏的徐州會議收穫更豐，除了承認馮從武漢所取得的承諾外，馮可能還提出山東和河北地盤的要求，獲得允諾山東給馮，但河北則保留給閻，這項安排，以後也成爲馮反抗中央的藉口。此外餉械問題，可能也在此會獲得協議。

馮此時堪稱一生中領兵最多的時期，編制下合計五十萬人，其中嫡系部隊，已經迅速膨脹到二十五、六萬人，其餘加盟軍隊（包括各地方部隊和收編的敵軍，靳雲鶚、劉鎮華大部都被馮兼併）也大約二十五萬人，頗有左右大局的力量。所以寧漢雙方，無不竭力滿足他的要求，爭取他的向心。地盤問題既獲滿足，馮對南京方面助攻武漢的要求，加以拒絕，勸雙方通力合作，會後馮、蔣發表聯合聲明，希望武漢排去鮑羅廷，鮑是第三國際駐中國的代表，原爲猶太律師出身，爲人機謀善變，武漢方面共黨人人自危，企圖發動政變，奪取武漢政權，機密敗露，鮑等遂被逐出中國，臨行路過鄭州，仍勸馮揮兵南下攻占武漢，可長期成爲中國第二大武力云云，馮豈能興此無名之師，只能逐客而已，並派員護送到庫倫而回。

徐州會後，寧漢意見仍深，雙方調派重兵對峙，北伐的前線反而脆弱，奉方則整合全國剩餘的大小軍閥，以「安國軍」的名義，命孫傳芳率軍南下，七月徐州又陷落，蔣總司令親率部隊抵禦，也嘗敗績。八月南京方面將領李宗仁、白崇禧認爲，蔣是寧漢復合的最大障礙，蔣遂飄然下野，九月，寧漢領袖在南京大會，復合漸趨成熟。

另方面，八月四日，馮玉祥雖派鹿鍾麟率衆來援徐州，但爲時已晚，整個山東南部、江蘇、安徽北部的戰場迅速惡化，十幾天以後，孫傳芳已經推進數百公里，南下長江沿岸，而且以五萬人強渡長江，占領南京東側的龍潭車站，幸得何應欽、白崇禧、李宗仁全力合作，迅速反擊，激戰四天，「安國軍」渡江部隊幾乎全部殲滅，革命軍俘獲三萬人，斃敵一萬人，虜獲槍枝四萬四千支，孫傳芳遭此重創，才陸續退往安徽北部的蚌埠。以後何應欽指揮下各軍，十一月李宗仁等先擊敗唐生智軍，武漢方面氣餒，又敗蚌埠的孫傳芳，再敗徐州的張宗昌，已經是民國十六年十二月的事。

另外，在馮軍方面，民國十六年八月鹿鍾麟助攻徐州失敗，檢討原因，是擔心新降的靳雲鶚軍不穩，且不服從命令所致，馮於是決定迅速消滅靳軍，九月七日至十二日，將靳的防區十一縣全部占領，由於魯南、蘇北、皖北全面淪陷，馮軍與閻錫山遂暴露在前線，十月馮軍分三路全面出擊，配合南京何應欽及閻錫山同時發動，但初次接戰就告不利，沿隴海路陸續後退。分析結果，奉軍以火炮和鐵路上的鋼甲車為利器，馮改用退卻戰法，各部向鐵路兩側退卻埋伏，當時河南有三條主要戰線，另兩條是河北大名和平漢鐵路沿線，平漢線稱為左翼，以孫連仲、韓復榘為前鋒，奮戰三天，死傷萬餘人。孫連仲為馮軍中第二方面軍軍長，為人沈穩勇敢，戰到全部兵力用盡，對方又增兵兩個旅迂迴側翼，打破均勢，馮軍已成必敗之局，孫連仲死中求生，是夜親率敢死隊一團，夜襲敵軍指揮所，奉軍兩旅潰敗，敢死隊死傷枕藉，團長也在此役中陣亡。如此血戰，終於使敵軍退卻。右翼隴海路之敵到二十六日，已經連陷歸德（商丘）、蘭封，逼近開封。孫良誠、馬鴻逵在正面吸引敵人主力，再抽調左翼韓復榘、配合石友三由鐵路南邊的杞縣，繞道攻擊敵人後方。這一招果然有效，直魯軍大敗，十天以後，馮軍已經恢復右翼所有失土，光復歸德（商丘）。

第三條戰線在河北大名，由新附的劉鎮華抵禦強敵，由於能夠堅忍到大局好轉而獲勝。三線先後大捷，尤其以右翼收穫最豐，俘虜奉軍三萬人，槍二萬支，炮四十餘尊，鋼甲車六輛，這是僅次於「龍潭大捷」的戰果，此後韓復榘恃勇輕進，想要追隨敗軍，一舉攻下徐州，由於貪功冒進，幾乎被困，仍賴劉汝明率軍接應才救出，馮軍前鋒退到歸德（商丘）一線，與直魯軍相持。

但是這次撤退，使得直魯軍誤以為馮軍內部有變，又迅速調集大軍來攻，並為了彌補上次的錯誤，把進攻隴海線的部隊又分三路，分別保護鐵路左右兩側。馮軍則稍加調整，把韓復榘、石友三調來應付中間，鹿鍾麟右路，孫良誠、馬鴻逵、劉鎮華左路，由於直奉軍左翼最弱，馮軍的左路各軍集中全力會剿，俘敵軍二萬人，槍萬餘支，這一役孫良誠麾下的師長吉鴻昌屢建奇功，以勇猛聞名。此役最後會師、合圍斬雲鶚的部將姜明玉於曹縣，姜在一個多月前，因為臨陣投降直魯軍，造成馮軍初期的失利，諸將恨之入骨，圍攻月餘，姜自殺結束。韓復榘並俘獲了張宗昌凶殘著名的白俄雇傭兵車隊，獲衝鋒槍三千挺，使韓的輝煌戰功再添一記，從此超越「兩孫」——孫良誠、孫連仲，成為馮軍中最耀眼的明星級人物。由於兩次反攻情節類似，時間也很接近，所以有許多人把韓復榘追敵身陷重圍，記在此役，實情如何，已難深究。

民國十六年十二月十四日，第一、二集團軍決定會攻徐州，直魯軍已無鬥志，只守城一天，就倉皇撤退，一、二集團軍在十六日會師徐州。

蔣總司令早在八月下野，歷經四個多月，東渡日本，並與上海大資本家取得協議，與宋美齡女士結婚，馮則因孔祥熙來訪，孔答應馮助蔣復職後，助馮解決餉械問題，於是參加閻錫山等諸將勸進行列，促請蔣早日復職。

大局好轉，且寧漢鴻溝已泯，到十二月蔣復職已成定局；民國十七年二月，蔣總司令親至鄭州見馮，與馮義結金蘭（先後與蔣結拜者甚多，前此所談的黃郛、李宗仁等均有此事），事成後，蔣總司令犒賞馮軍百萬大洋。以後私函往來，遂以兄弟相稱，這是馮蔣二人的蜜月期。

張作霖此次大敗，主要是敗在戰略的布置，他先以奉軍主力第三、四方面軍，集中全力進攻戰鬥力較弱的北伐軍第三集團軍閻錫山，另派張宗昌、孫傳芳、褚玉璞攻一、二集團軍，等到戰局不利，再調主力來援，已經無法挽回頹勢，所以此次閻錫山軍犧牲較一、二集團軍更為慘烈，但因地勢險要，軍民合作頗能堅挺，才造成了大局的好轉，總之，到了民國十七年一月，河南、蘇北的戰局已經穩定，革命軍方面，雖有遲疑爭議，但最後各方面仍能合作，獲得決定性的勝利。

山東之戰與濟南慘案

民國十七年二月，蔣、馮兩總司令既結金蘭之好，再集會於開封，決議按照前次「徐州會議」的戰略，繼續完成北伐。辦法仍然是第三集團軍在平漢線以西，採守勢；一、二集團軍分為兩部，一部在西線守住平漢線，另一部在東線，和一集團軍的左翼銜接，同攻濟寧，第一集團軍主攻，分為三部，中間由津浦路北上，主目標為濟南，左翼在西，攻擊濟寧，右翼在東，沿魯南丘陵區前進，穿越魯山和泰山之間的山隘，目標在會攻濟南的東側。

馮玉祥既獲此項命令，立刻在平漢線鋪張聲勢，假作進攻準備，民國十七年三月，蔣總司令部由平漢、隴海路的交點鄭縣（當時仍稱鄭州），移駐平漢線的新鄉，增設兵站，大量運兵北上，吸引直奉魯軍的注意。

四月十日，北伐軍全線發動總攻擊，第一集團軍採強勢態度，由蔣親自坐鎮徐州前線，中路劉峙等人進展順利，連克山東、江蘇邊界的台兒莊、韓莊等地，東側的右翼也很順利，只有西側的左翼賀耀祖，遭孫傳芳集中五萬多人擊破，山東原是張宗昌的地盤，但他屢遭大敗，實力已削，改由孫傳芳掌兵符。孫的打法十分大膽刁鑽，常常敢深入敵後，死中求活。

這招十分凶狠，四月十三日已經連陷豐、沛兩縣，逼進大本營徐州，孫傳芳前鋒甚至到達隴海線黃口車站，距徐州不及三十公里，一、二集團軍大有被切斷的危險。由於主力出盡，蔣急電向馮求援，馮的總司令部已經在完成誘敵任務後，四月遷回隴海路上的蘭封，馮得電後，派出總預備隊石友三，沿隴海路東下，急攻孫傳芳所占的豐、沛兩縣，這是兩千年前漢高祖的故鄉，古來兵家必爭之地，在徐州西北約四、五十公里處。十七日孫軍後路被截斷，開始潰敗，二十一日，孫軍大敗，損失萬餘人，兩集團會師濟寧，完成左翼初步目標。

當時馮軍的總司令部只留三百餘人，如果再有奇兵來襲，非做俘虜不可，馮氏平生足智多謀，當然一方面嚴守祕密，二方面將僅有人員調來調去，每天出操打拳，演了幾天「空城計」，也是險中求勝的絕招。

馮軍東路和一集團軍左翼的險況，已經把預備隊用光了，但西路的艱困，似乎比東路更嚴重，到了血肉相搏的慘狀，這半邊全由馮所最信賴的鹿鍾麟負責。在三月時，馮氏虛張聲勢，果然把奉軍最精銳的部隊引來了，即奉軍第三、四方面軍，暫停攻擊山西三集團軍，僅對山西採取封鎖，集中十餘萬人全力沿平漢線南下。先是，馮軍曾經出河北，占磁縣、大名等地，現在因為大軍壓境，紛紛退回，退到河南北部安陽（彰德），沿彰河的支流——安陽河一線據守，四月五日，奉軍先發動攻勢，鹿鍾麟頓呈不支，先調後方留守的劉驥、劉汝明兩軍前去支援，但杯水車薪無濟於事，馮再將河南中部防區讓給四集團軍李宗仁，把韓復榘調上前線，才勉強成拉鋸戰。

四月十七日，東路戰況好轉，西路卻陷入苦戰，奉軍以大炮、飛機猛攻，守軍堡壘房舍全毀，幸好工事堅固，尚能固守，馮氏嚴令「退一步者殺，進一步者亦殺」，韓復榘全軍誓死堅守，不但韓本人負傷，師長三人全部負傷，旅長負傷者二人，十日之戰，韓復榘軍死傷萬人。在危急當口，鹿多次請求退卻三十里，在岳飛的故鄉湯陰重新布置陣地，但馮寧死不肯，並說若敢後退，軍法從事。另方面再電請李宗仁求救。

這時李宗仁、白崇禧，因為擊敗唐生智軍，占有武漢，李升為第四集團軍總司令，但他的防區，則因為軍事不斷的勝利，而變得很遼闊，分兵駐在華南、華中各省，不但要防止武漢政權的殘餘武力，更重要的是，撲滅到處作亂的共黨分子。自從國父「聯俄容共」政策後，中國的革命家終於能逐漸殺出一條血路，其中俄人援助和共黨分子貢獻不可磨滅，到了蔣氏「清黨」、武漢和馮玉祥「分共」，這些共黨分子，或因為言行不檢，或因造成社會疑懼、列強側目而被罷黜，但他們自覺受了委屈，遂改採血腥鬥爭，因為在合作期間有了一些軍方關係和影響力，多則數千，少則數百，到處策反革命軍駐防在南方的部隊，其中尤其以民國十六年八月一日的「南昌暴動」，控制了兩萬多名部隊（即中共八一建軍節），聲勢最大，革命軍多次派軍攻打，雖然沿途追剿，但始終無法將他們徹底消滅，後來共黨共軍問題，就成為北伐後中國內政上一直無法解決的困擾。

李、白維持後方治安，責任重大，當然也很難再派軍前去支援馮玉祥，當時革命軍四個集團軍約百萬人，在數量上雖比直、魯、奉聯軍的四十萬人多，但戰線太長，防區太廣，運用起來反而不如直魯奉聯軍得心應手，顯得處處捉襟見肘。

就在兩線先後告急的同時，張作霖另外安排了厲害的伏兵，可以制馮死命，即樊鍾秀起兵攻洛陽。樊原是國民二軍的舊將，曾在民國十六年紫荊關與奉軍抗戰，在情勢危急時，怨恨孫連仲等援軍進度太慢，致遭受重大損失，從此心懷二心，先派人聯絡奉張，並在陝西、河南等處，勾結「紅槍會」的分支「天門會」大首領韓欲明起事。韓氏盤據河南林縣年餘，擁衆數萬，曾擊敗縣保衛隊、奉軍及馮軍若干部隊，聲勢囂張，馮玉祥曾派參謀劉文彥前去招降，結果為韓所殺。十七年二月，馮大怒，派龐炳勛率兩師進攻，大戰三日，會匪退出縣城，仍盤據山區，此時前線情況緊急，十七年三月將龐炳勛軍隊調往前線，會匪傾巢而出，來攻縣城，守軍只有千餘人，奮力抵抗。

樊自己則率眾攻洛陽、鞏縣，兩地守軍薄弱，情況危急，一時之間處處受敵。騷亂地區蔓延到鄭州以西二十里，馮急調總預備隊前線石友三和劉汝明出擊，三天之內，大致削平。另外同屬陝西「靖國軍」舊將的李虎臣，一年多以前原和楊虎城同心防守西安，也因怨恨馮賞罰不公，率眾攻擊長安、潼關，則由宋哲元綏靖地方。不過，所謂平亂，不過是擊敗叛軍主力，打通交通線，收復鞏縣城而已，至於廣大山區的匪徒，則依然多如牛毛，一直到抗戰時代，也未能肅清。

西線相持到四月二十八日，一集團軍三路都已獲勝，共同逼近濟南，二十九日西線分三路反攻，馮軍鋼甲車、坦克、重炮全力出擊，三十日奉軍不支，五月一日夜間，奉軍怕一、二集團軍夾擊，開始全速撤退，濟南直魯軍則在先一日，四月三十日撤退到黃河以北，革命軍五月一日入濟南城，因為日軍的阻撓，釀成重大慘劇，北伐大業再度遭到考驗。

日人出兵濟南有長遠的背景，自從北伐軍出動，席捲大半個中國以來，列強都知道他們在華特權，將會大受限制。南京事件時，列強態度強硬，紛紛出兵，總數兩萬五千人，只有對華友善的日本幣原外相否決軍部出兵的請求，一時大受批評，不久內閣換人，田中大將出面組閣，世傳他在民國十六年七月二十五日密奏侵華方針，這份奏摺並沒有列在宮中檔案裡，所以日本政府一直否認這封奏摺的存在，但事實勝於雄辯，以後日本侵略世界的步驟，幾乎完全和奏摺內容相同，日人也難以辯白。

奏摺主要內容，就是打破自李鴻章以來，中國人利用列強間互相制衡的生存之道。他認為清末日俄戰爭，實際上就是日支戰爭，田中預測要征服中國，必以打倒美國為先決條件；以及要征服世界，必先征服支那，要征服支那，必先征服滿蒙。

根據這項指導原則，日本對華態度轉趨強烈，民國十六年五月首次藉口護僑，派兵二千駐紮青島，保護日人在山東的特權，三個月後才撤退，但聲明保留「便宜行事」之權。蔣氏在十六年九月下野赴日，以國民革命軍總司令身分與田中首相會面，田中首相曾要求革命軍的進展以長江流域為限，所以蔣氏在復職前，對日軍可能會阻擾北伐軍，已有了心理準備。

民國十七年五月一日，革命軍會師濟南，蔣總司令把總部設在泰安，親至濟南巡視。倉皇逃逸的張宗昌，則以答應日人在青島及膠濟鐵路的一切權利為餌，請日軍進駐濟南，於是日軍派三個中隊，占領膠濟鐵路沿線，又由第六師團長福田彥助親率六千人前往濟南，於五月二日兵臨濟南城下，與革命軍對峙。蔣總司令深知此時一觸即發，不願節外生枝，一面嚴令各軍約束部屬，濟南城只留下三千人，全軍繞道北伐。

五月三日，日軍進攻，大肆屠城，中國軍民千餘人被害，外交特派員公署被日軍闖入，蔡公時特派員及隨員十餘人被殘酷、凌虐致死，國民政府外交部長黃郛當時也在濟南，不但交涉無效，辦事處衛兵二十餘人也遭繳械。史稱「五三慘案」，其實這只是慘案的開始。

五月四日，英、美濟南領事出面調停，日軍表面加入談判，暗中調兵增援，又以飛機、重炮轟炸濟南，城外革命軍三千人、津浦路警察都被繳械。

五月五日，革命軍百萬雄師，人人悲憤塡膺，無不希望與日人決戰，蔣、馮、黃郛在黨家莊的清眞寺集會，最後採用黃郛意見，採外交解決，馮在赴會前，態度激昂，但考慮實際狀況後，卻發表了一篇措詞模糊的談話：

以我一個革命軍人的身分和立場，我主張不顧一切，拚著和日本鬼子大幹一場，馬上給他們一個反擊，先把濟南的日軍消滅，讓日本人認識認識革命力量，不是可以隨便欺侮的，我們革命是為民族求自由，為國家求獨立，絕不能因為日軍壓迫，我們便放棄了革命。我這是説的一個革命軍人的本色語。

至於避免軍事衝突，俄外交方面與他交涉的辦法，也許較為穩妥，這是策士或外交家的主張。

多年以後，馮氏口氣一變，自稱他在濟南慘案時，曾極力主張消滅日軍，但不被蔣採納，指的是這段話的前半部，眞正是「片面之詞」。

五月七日日軍司令提出嚴苛之五條件，限時答覆，蔣總司令批示，除第一條中國軍隊撤出鐵路沿線，會影響北伐不能同意，其餘可考慮協商。這種答覆激怒了日軍，五月八日開始攻城，槍殺傷兵、傷患，搶劫商號，破壞黃河鐵橋、新城兵工廠，我軍兵死傷一萬一千七百六十二人，這些蠻悍殘忍的行爲，不但沒有使蔣總司令失去判斷力，和日軍全面決裂，反而促成了中國不同立場軍人的愛國心。例如慘案發生後，張作霖曾致電蔣總司令，倡議息爭和平，撤退長城以南的奉軍，雖然沒有談成而戰火又起，但已有和平解決的傾向。奉張且否決了日軍出師三師團，迫退北伐軍的陰謀。

另一方面，張作霖宰制中國的夢碎，希望再回東北稱王。但日本則希望張至少在撤退前，先承認日人在東北的特權，日軍同時在東北增兵，占領鐵路。張氏雖係馬賊及軍閥出身，但頗有愛國心，回電日人絕不承認日人有「便宜行事」之權，且聲明東三省及北京、天津爲中國領土，主權所在，不容漠視，盼日本鑑於濟南案，勿再有不合國際慣例的措置。這種義正辭嚴的態度，再一次激怒日人，自從民國十六年六月張作霖出任「安國軍大元帥」後，與日本奉命來華的前任陸軍大臣山梨大將關係惡化，日本政壇人士已經取得共識，非把張作霖消滅，不能獨占東北權益。

五月中旬，北伐軍前線全由馮玉祥負責。當時諸軍已經恃勇渡過黃河，又發生日軍騷擾於後方，不能解決，於是這些戰場驍將們徘徊瞻顧，與先前判若兩人，馮決定「進則生、退則死」，五月十三日推進到山東、河北交界的德縣，暫時結束了山東方面的軍事，只留下濟南問題，外交談判解決，拖到十八年才含混達成協議。黃郛則因外交軟弱，頗受批評，在慘案後去職。

收復北平

民國十七年五月十九日，蔣總司令再到馮玉祥鄭州的指揮所，決定所有部隊在五月二十五日推進到正太鐵路沿線，西戰場二、三、四集團軍前鋒在正定、石門，東戰場一、二集團軍在山東、河北交界的德縣、南皮、慶雲一線，二十九日發動攻擊，三十一日革命軍推進一百多公里，攻克清苑（保定）等地，當時張作霖處境極端困難，奉軍將領反戰，日軍則主戰，希望張作霖能背城決戰，第三集團軍閻錫山則表示和平接收北京，為避免摧毀名城，再釋放以往所俘虜的奉軍將領勸退，於是張決心出關，六月二日下令總退卻。

日本公使芳澤再訪張作霖，希望張在撤退前答應日人在東北興建六條鐵路的一切權益（日人所謂六懸案，此案自清末提出以來，已經拖延約二十年），奉張仍堅持愛國立場，斷然拒絕，日人遂啓刺殺張氏的毒計，六月二日，張由北京出關，三日途經瀋陽皇姑屯車站時，被日人設計的炸彈殺害。日人既殺張作霖，算定奉軍會和日人決戰，於是傾巢而出，阻斷商埠，但奉軍將領也沈得住氣，對外詭稱張作霖遇刺未死，另一方面極機密地把張學良接回瀋陽，六月十八日，張學良繼任大元帥，東北形勢轉危為安。

田中首相在華的種種強橫行動，引起全世界的側目，加上中國民衆抵制日貨，日商損失更重，日皇也頗不以為然，炸張陰謀，反而促成張學良更傾向中央，所以田中的「強硬外交」全面失敗，凶焰為之暫挫。田中也在下台後，不久病逝，這是後話。

在北伐軍陣容中，因為奉軍的全面撤退，究竟誰先進北京城，則成為爭執的重點，南京的國民政府和蔣總司令都傾向由閻錫山的三集團軍先進城，最少有五項決議是支持閻軍入城的：

㈠民國十七年四月十一日的新鄉會議，由蔣總司令提出。

㈡同年五月三日，濟南會議，馮、閻的代表均在場。

㈢五月二十五日，南京宣布「北伐得志，由閻軍入燕，馮軍則止於津」。

㈣六月一日的中央政治會議決議。

㈤六月四日南京正式下令，命閻接收北京。

一方面是馮本人在清末民初和北洋政府時代有多次反覆抗命的紀錄，又在北伐途中，由數萬人擴充為五十萬人，幾次藉口盟友不穩定，而兼併友軍，這些紀錄已經夠讓人擔心了，再加上馮以往篤信基督教，清廉愛民，頗得英、美傳教士的好感，不少報紙媒體幫他大力揄揚，但自從他與蘇俄接觸，這些讚美開始變成懷疑，最後則成為反感。

駐在北京的列強公使團則明顯拒抗馮軍，北京政府是國際上承認的中國政府，在財政、外交上有談判的方便。較重要的列強有美、法、英、日四國，美法兩國意見較少，英國公使是北京公使團領袖，首先表示：

維持北京之穩定與秩序，需要一位值得信賴與穩健的將領，閻錫山實比已赤化的馮玉祥來得適合。

日本方面，也多次警告馮玉祥別嘗試進北京，因爲馮有多次排日紀錄，雖然在民國十六年山西也發生了排日示威運動，濟南慘案後，閻也通電抗議日軍暴行，但他仍是幾個北伐軍集團總司令中，最受歡迎的人物。

面對這一波又一波的反對馮軍入北京的意見，馮仍認爲「軍隊是決定性因素」，不顧外界反對，先訓練自己的部隊，作成〈打到北京過端陽〉詩頒行全軍。

六月初，馮氏違背命令，突然下令韓復榘率軍由平漢線東側迅速推動，與山西部隊展開「馬拉松賽」，六月六日山西徐永昌部到達北京城外盧溝橋邊，和兩萬的韓復榘軍相遇，韓軍主力在南苑，兩軍爲了爭奪進城，發生小規模衝突，但韓終因公使團的強烈態度而卻步，六月八日經協調後，由山西部隊第六軍的張蔭梧率軍，持青天白日旗由彰儀門入城，閻錫山在六月十日到達北京，出任京津衛戍總司令，馮氏落空。韓復榘盛怒之下，違反和公使團的協定，攔截撤退的奉軍鮑毓麟旅七千人，並加以繳械洩憤。

六月十四日國民黨中央執行委員會決議，蔣、馮、閻、李四位集團軍總司令赴北京祭告總理靈柩。

民國十四年三月十二日，中山先生去世北京，靈柩停在北京西郊的香山碧雲寺，當時護靈的也是馮部鹿鍾麟等人（北京在北伐成功後，已改名北平），碧雲寺在北平西北方，是元代名刹，又經過明代太監魏忠賢等人擴建，寺分五進，中山先生的靈柩在第四進，事後該殿改為「中山紀念堂」，供民眾憑弔、瞻仰。

四位總司令的告捷儀式，是北伐的重頭戲，並安排將中山先生移靈到南京事宜，象徵意義重大，馮卻因無法控有北平而憤怒，所以通電請假，蔣總司令已知道馮的情緒不佳，六月二十六日由南京出發，先往漢口親訪李宗仁，作客數日，再繼續北上，路經新鄉訪馮玉祥，七月三日，蔣總司令到達新鄉，馮故意避往道口不見，命劉汝明率軍官相迎，蔣並不發作，仍慈祥親切地詢問將士狀況，才上車往道口，馮仍命祕書長黃少谷擬稿通電請病假，蔣可能答應了馮某些條件，不久馮軍仍取得北平南門——

崇文門的關稅，不久又發表孫良誠出任山東省主席，何其鞏出任北平特別市市長，這些條件多少緩和了馮的情緒，才北上隨行，七月五日馮到北平，次日，四總司令祭靈。

不過，馮所稱生病可能也是實情，馮自稱從民國十七年六月七日起，聽說張作霖的死訊後，病疫大作，上吐下瀉，四肢無力，馮自稱兩年來心力交瘁，已到疲憊崩潰的邊緣，因爲重責在身，強撐疲憊身軀，昏迷六天才甦醒，不久之後，又收到孫岳的死訊，孫是首都政變的夥伴，馮情緒波動，演講時又告昏厥，昏睡多日，到了七月初仍沒痊癒。

七月一日，馮玉祥由鄭州司令部到保定，祭掃父母墳墓。見到當年他所立的碑碣、所種的樹木，都被張作霖的敗兵破壞，幸而當時有位美國友人仗義執言，才保住墳墓沒被挖掉。馮感傷之餘，重新立碑、種樹，住了三天才走。

七月六日，舉行謁靈大典，四位總司令齊集，這時四帥若能同心同德，共同建設國家，前途本是一片光明。香山再往西即西山，都是北平附近著名的風景區，此次大典等於古代的告廟儀式。九日，再由香山往西北方，即民國十五年南口戰場舊地，舉行「南口戰役陣亡將士追悼大會」，軍政要員雲集，雖然蔣總司令等人，對馮軍當年的犧牲評價極高，贊許有加，但馮對會場的安全布置，卻極不滿意，他看到沿途敗退的直魯奉殘軍，潮水一般撤退，心想如此粗心大意，倘若散兵游勇圖謀不軌，四集團軍總司令都將成爲俘虜。

以往馮對蔣十分仰慕，視爲天人，但經過濟南會議和西山謁靈之後，覺得蔣的辦事能力不過如此，漸有了不逞之心，言詞之間也不太恭順。閻錫山當時負責北平防務，設宴邀請諸總司令及名流吳稚暉先生等人共聚，蔣在席間暢敘「北伐告成，諸同志相聚一堂，非常快樂」。馮就大唱反調，他說：

蔣總司令謂今日乃大快樂，余則不勝悲痛。余以革命尚未成功，其證有三：

第一，不平等條約尚未廢除，吾國本數千年東亞文化之先進，近百餘年，受到列強不平等之待遇及不平等條約之束縛，殊堪痛心……列強視我，狗彘不如，今當努力廢除不平等條約，不達目的不止。

第二，舊軍閥之殘黨尚未完全消滅……

第三，各軍裁兵未見實行……

望諸同志贊成，努力完成以上三事，彼此之樂，當何如也。

其實，馮同時也表示了支持蔣裁軍的政策，但用詞和說法，則頗教人芒刺在背，七月十一日，四位總司令再集會於北平香山碧雲寺，決定編遣原則。此後裁軍就成爲中國北伐完成後，最重要的政策之一。

五、交出軍政實權

裁軍破裂

裁軍是當時大家的共識，因為財政已陷入絕境，要整頓外債，讓百姓有較公平、可接受的稅負，並且挪出少許經費，稍微開始從事建設，只有裁軍一途。

早在民國十七年六月十八日，孔祥熙到百泉訪馮玉祥，邀馮出席謁靈時，就說明裁撤軍隊的方案，馮也頗表贊成，並提出他自己的裁軍原則，裁老弱留強壯，裁無槍以及無紀律、無戰功、無訓練者。馮的構想，他的兵力在裁減後，仍和一集團軍蔣總司令兵力相等，三、四集團軍則大肆刪減。

七月十一日的碧雲寺會議，原則決定馮軍由原來的六十萬人，縮減為四十二萬人，僅略遜於第一集團軍的五十萬人。九月革命軍解決盤據在山海關以南唐山市附近的張宗昌殘軍。國內的軍事行動結束。

民國十七年八月，決議取消各地的政治分會。當時閻錫山是北平分會、馮是開封分會、李宗仁是武漢分會，各地分會對所轄的省、縣，有人事任免、決策等權，當時馮據有六省一市，韓復榘繼馮任河南主席，孫良誠任山東主席，宋哲元任陝西主席，劉郁芬任甘肅主席，孫連仲任青海主席（新設）、門致中任寧夏主席（新設）、何其鞏任北平市市長，十七年年底取消政治分會後，各總司令遂對屬下各省漸失影響力。中央則另予補償。

民國十七年十月三日，國民政府改組，蔣總司令出任國民政府主席，蔣又請馮擔任國民政府委員，行政院副院長，兼軍政部部長，酬庸報功，待之可謂不薄。不僅如此，馮還負有促請其他集團軍總司令，到中央任職的責任。

民國十七年十二月二十九日，張學良通令東北，改懸青天白日旗，這是爲了配合南京方面，十八年全面結束戰鬥，從事建設的呼籲。北伐結束，此後新疆、西藏等地方，陸續歸附中央，中國已大致統一。

民國十八年一月一日，進一步的裁軍計畫，把全國陸軍縮減爲八十萬人，每集團軍只留二十萬人。然而中央補助各集團軍的費用，相距甚遠，半年經費如下：

一集團軍　三千八百萬元

二集團軍　一百二十萬元

三集團軍　二百萬元

四集團軍　二百三十萬元

第一集團軍和總司令部的費用，是二集團軍的三十一倍之多，所以諸軍之中，馮最貧，也最不平衡。且一集團軍的開銷不報軍政部、軍需處帳目，馮也無從過目，馮遂自覺是猛虎入柙中，漸思脫離中央。祕令屬下備好一隻船，長期停在南京城外長江邊待命。

南京新政府的氣息，與馮格格不入，馮信口批評，遭人反感。他曾作諷刺對聯：

三點鐘開會，五點鐘到齊，是否真正革命精神；

半桌子餅乾，一桌子水果，忘記前敵飢寒將士。

橫披是：

官僚舊樣

他自己出入則坐大貨車，請客則每人發雞腿半隻、饅頭一個、燒餅兩枚而已，這種態度使人覺得馮難以合作。民國十八年二月五日，馮玉祥祕密渡江，登上事先備好的鐵甲車而去，留書蔣主席請病假，並舉鹿鍾麟代理軍政部長。

其時，馮軍駐防各省，唯有河南、山東兩地是糧餉所出，所以對山東的存廢十分重視，孫良誠是馮心腹愛將，號稱省主席，部隊約四萬人，但在全省一百零八縣中，只轄有三十幾縣而已，尤其是精華區濟南到青島一線，仍在日軍手中。當日軍撤退前，蔣事先把中央顧祝同軍推進到津浦路的滋陽（古名兗州，是《禹貢》九州之一，中國最古的地名之一，位在曲阜縣西十餘公里，正好可掎泰安孫良誠後背），另外又命張宗昌殘部劉珍平（已經受一集團軍改編）進占青島。這兩支部隊共約六萬人，可以致孫良誠死命，馮聞訊大恐，立刻命孫良誠全軍撤離山東。

事後檢討，這次的撤退確實是一次大失敗，倉卒撤出山東，等於自斷一臂，這是民國十八年二月十五日事。孫良誠遵命將部隊陸續撤往河南省南部，二月十九日馮再令第二集團軍在京將校奉令返豫。然而已有不少高級軍官不再接受馮的命令，拒絕回河南。馮雖做出許多姿態，但終未和中央決裂，只是觀望而已，造成說客絡繹於途。

但第四集團軍李、白等人，卻認為閻、馮陸續脫離中央，局勢緊張，可加以利用，一面派人聯絡閻、馮，一面準備反蔣。馮玉祥卻以他一貫的作風，向來人表示，他是一定會反蔣的，但是軍事準備需要時間，希望四集團軍先發動，如果支持到兩星期以上，他一定會有所行動。

另外，在蔣主席方面，當然希望事情單純化，也想先取得馮的承諾，再動手對付四集團軍諸將，據說曾許諾解決四集團軍後，給馮湖南、湖北兩省地盤，另加行政院院長一職。武漢是馮多年夢想的地盤，比起開封又好多了。所以馮決定「持兩端」，先期觀望，等一方不支時，再迅速投入作戰。

沒想到討伐桂系（第四集團軍）的戰事，出乎意料的順利，四集團軍部分軍隊倒戈，幾天之內，四集團軍已全軍敗退。馮玉祥發覺時情況已變，一面通電討李宗仁，一面命主力韓復榘率軍三十萬火速南下，但蔣主席已先入武漢，並命韓復榘軍停在原地，又召見韓復榘本人，蔣主席和夫人宋美齡親自接待，和顏悅色，口稱「向方兄」（韓復榘的字）以表親熱，歷數韓從軍以來，種種戰功，如數家珍。西北諸將雖然追隨馮玉祥一、二十年，但與馮見面，總是戰戰兢兢，受到蔣主席如此待遇，受寵若驚，既感激又高興。蔣又命何鍵做蔣韓之間的直接聯絡人，並贈韓十萬元，這些布置，在後來果然發生決定性的作用。

李宗仁既敗，蔣以馮並未按照約定參加戰鬥，完全不履行以前的諾言，並且對馮增兵布防。且陝甘大旱三年，全國賑濟集中徐州、保定，被扣留不發。馮決心動手，但閻取代了馮在上次桂系（四集團軍）反蔣時的位置，準備持兩端襲馮後路，馮既以襲擊他人後路為樂事，當然知道自己被襲的後果，於是他想出一條奇異的計謀，先將全軍撤出山東、河南，集中在陝西，壓迫閻錫山共同反蔣，這條計謀是馮的致命傷，因為它要自動放棄僅剩的糧餉根據地——河南，退往荒旱的西北。推究原因，可能是被當年的成功所迷惑，民國十五年南口慘敗，五原誓師，不但聲勢重振，而且更為壯大，所以馮心目中，西北是他的藏身穴，別人絕對無法生存，他卻可以在那裡茁長、壯大，但馮的想法，卻被韓復榘、石友三等人破壞了。從此數十萬大軍、六省地盤逐漸散去，這是馮生平最大敗筆，終致一蹶不振。

中原會戰

民國十八年五月，馮玉祥命韓復榘撤出河南，率軍入潼關，這是馮「拳頭縮回來，再打出去才有力量」的戰略，但首當其衝的河南省代理主席韓復榘大為不悅，他不像孫良誠那樣盲目服從，他性格多變，有點類似馮玉祥，所以在諸將中特別受寵。

據說韓面諫時，被馮怒摑耳光，遂率軍而去。五月二十二日，韓復架抵洛陽，通電擁護中央，蔣主席立刻回電嘉獎，並將韓的代理主席扶正，再送現款五百萬元（也有記載一千萬元）犒軍，按此說稍有疑問，數目是民國十七年蔣結好馮氏的五倍到十倍，似乎不可思議。

由於韓在馮軍中素有影響力，隨之而東的部隊計有石友三、馬鴻逵、劉鎮華等部凡十萬人，蔣則給予馮最後機會，請馮回南京出任行政院長一職，遭馮拒絕。蔣下令褫奪馮本兼各職，明令討伐，在馮軍而言，既缺乏鮮明的旗幟和革命的號召，又和北伐完成後全國一致反內戰的聲勢相違背，如果沒有奇計，只有坐以待斃一途。

誰知馮每每有出人意料舉動，當年南口戰役，馮親自前往蘇俄求援，這個成功的經驗，或許鼓舞了馮親自前去遊說閻錫山。不過，中國有句格言「得意不可再往」，大撤退的戰略固然如此，孤身求援亦復如此。中間說合的人雖多，其中較重要的是李書城，李是同盟會舊人，辛亥年擔任黃興參謀長，馮氏北京政變時，擔任陸軍總長，一向與孫岳交情深厚，馮對他也頗尊敬。李前往勸閻、馮共同下野出洋，以等待反蔣的時機成熟。馮很聽得進去，決心前往山西，諸將苦留不住，馮氏夫婦攜簡單隨從入晉，閻錫山夫婦出城相迎，並安排住在晉祠。

晉祠又稱晉源，是山西第一大名剎，創建年代不詳，在北魏（西元五世紀時）時已經頗具規模，此後千餘年間，不斷擴建，現存的主體建築完成於宋代，主神祭祀晉的開國封建主周朝唐叔的母親，以園林勝景聞名，距太原只有二十五公里。

閻氏既將馮玉祥夫婦安置於此，一時聲勢大漲，蔣主席也不得不把條件重新調整，先命閻爲山西宣慰使兼辦軍事善後事宜，並親到北平，邀閻前往會面，閻依約而往，據說蔣贈閻兩千萬元，閻既獲厚利，從此不再提出洋的事，甚至和馮避不見面。馮遂被軟禁，叫天不應。

馮軍則久候主帥不歸，有人主張和閻決戰，也有人認爲投鼠忌器，最後則決議派人按時前去問候，瞭解情況。一時間，西北軍（二集團軍）與閻錫山的第三集團軍諸將往來頻繁，閻又怕日久生變，民國十八年十一月，藉口過冬，請馮氏夫婦遷往陝北建安村，閻自己是河邊村人，家鄉距建安村很近，建安村又是閻妻的娘家所在，閻在此置有產業。再往東北數十里，即著名的佛教聖地五台山，正北七十多公里，即雁門關和陰山。

建安村地形封閉，閻又派人將公路挖斷，用兩塊木板做成便橋，供車子出入，馮的出入全在閻掌握之中。

但局面的演變，漸對馮有利，閻既成爲二、三、四集團軍中唯一完整的力量，蔣主席的矛頭漸逼漸緊，閻也沒有必要再拘禁馮來取悅蔣。民國十九年三月，閻親自把馮請回晉祠，雙方歡宴一番，贈馮現金八十萬元，兩千支手提衝鋒槍、若干械彈（另記只有現金五十萬元、衝鋒槍兩百支，麵粉兩千袋，可能更接近實情），閻總算做了反蔣聯盟的領袖，所能提供的軍援雖十分有限，但馮能脫身，已屬萬幸，總計此次被留置在山西，共八個月零十天。

在此之前，馮軍又遭挫折，宋哲元自從馮去後，代理總司令之職，但在部隊實力上，不如孫良誠，兩人互不統屬，民國十八年十月十日宋出潼關攻河南省西部，結果二將互相猜忌，又倉皇退回潼關，損失慘重。當時馮雖不自由，卻能判斷全局，命鹿鍾麟迅速潛赴軍中，任總司令，鹿的輩分高、眼界廣，一到之後，就決定「擁護中央、開發西北」的政策，並聯絡韓復榘、石友三共同行動，對付閻錫山。馮軍企圖投蔣的壓力，加上各路反蔣人士齊集太原，同推閻爲盟主，逼得閻不得不表明態度。

這次反蔣的陣容空前強大，除了閻任陸海空軍總司令，馮、李宗仁任副總司令，加上各地雜牌部隊，經過歷次裁編，合計只剩下二十六萬人，同時又設法聯絡國府方面失意要人汪精衛等人參加。

但閻自知以往太過凌辱馮，所以極不放心讓馮回潼關，雖經衆人力勸，仍留馮夫人和薛篤弼在晉爲人質，只放馮隻身而回，並且和馮剖心而談，痛哭流涕：

大哥（指馮）來到山西，我沒有馬上發動反蔣，使大哥受些委屈，這是我第一件對不起大哥的地方；後來宋哲元出兵討蔣，我沒有迅速出兵響應，使西北軍受到損失，是我第二件對不起大哥的地方……如果大哥對我仍不諒解，我就在大哥面前自裁，以明心跡。

馮當然也指天誓日，表示絕不記仇，這才獲准隻身赴潼關。馮過河後，剃了頭髮，去除晦氣，同時準備攻蔣，這是民國十九年三月十日事。韓復榘一聽說馮本人復出，就表示不願在前線與馮面對，自三月下旬開始，把部隊向東撤退。所以四月反蔣聯軍初期進展快速，連克洛陽、鄭州、開封、歸德等地，占有河南省的大部分。

初期的勝利，使反蔣軍過分樂觀，認爲蔣的崩潰極爲容易，閻錫山甚至誇口，要包打徐州，長驅直下南京。但這些壯語，很快就因爲蔣主席親赴前線，而遭到嚴酷的考驗。蔣氏的主力上前迎敵後，反蔣陣容的前鋒萬選才、孫殿英等紛紛敗退。萬選才原是劉鎮華的部將，在鎮嵩軍中資望不高、識字不多、兵力又少，而新得的河南省地盤，閻卻作主給了萬氏；劉茂恩是受鎮嵩軍全軍敬佩、且出力最多的人，又是劉鎮華的五弟，聞訊大怒，立刻與蔣主席接洽投誠，並誘殺萬選才。

當時中國陸軍因為機動力不夠，所以全以爭奪鐵路沿線為主戰場，最多加上左右兩翼的配合攻勢，中原大戰布局也大致相同，反蔣聯軍集中在隴海、平漢兩路向東、向南進攻，既然劉茂恩投誠，隴海路南方（右翼）失去掩護，蔣遂以精銳陳誠挺進柳河、杞縣，抄反蔣軍主力徐永昌（在蘭封）的後路，馮軍局勢岌岌可危，這次的打法和上次北伐，韓復榘擊敗奉魯軍正好相反，馮玉祥深知利害，立刻也派出精銳，孫良誠、吉鴻昌由鄭州大本營赴援，兩名驍將企圖心太強，想把陳誠等部包圍徹底殲滅，終因兵力不足而被陳誠逃逸。鹿鍾麟兼總指揮，曾命徐永昌分兵相助，但徐表示自己擔任正面也被吸住，愛莫能助。

隴海路血戰同時，蔣主席同時命何成濬進攻平漢線，以分隴海路的壓力，五月十六日，樊鍾秀部被困臨穎，本人也被炸死，中央軍逼近許昌，馮聞訊則親自由鄭州南下坐鎮許昌，並派出孫連仲等精兵出擊。

五月二十一日，蔣在隴海線發動攻勢，他本人也親赴柳河前線，又命劉峙、蔣鼎文、陳誠率教導團三萬餘人，配合重炮，攻開封南側。馮此時也有意一決勝負，命原先攻堅的孫良誠、吉鴻昌、龐炳勛諸軍閃開正面，誘敵深入，形成口袋戰術，再命孫連仲、張自忠部抄襲陳誠軍後路，此計如果得逞，可能改變戰局。但馮被電報局長所賣，蔣得密電後，迅速退兵，但負責斷後的張治中仍被截斷，損失慘重，蔣再電上官雲相來援，勉強把主力拔救出來，隴海線告急，馮本人十分得意，他很有信心地說：「二、三、四集團軍，對付蔣一個集團軍，還會打不贏嗎？」由於過於大膽，馮甚至把駐防陝、甘、青、寧夏等後方的兵力，陸續抽出，也造成他失敗後沒有退路的局面。當時似乎只差一口氣就能取勝。五月三十一日夜，隴海線反蔣軍突擊歸德（商丘）的機場，毀飛機數架而去，當夜蔣主席親在歸德督陣，幾乎被俘。六月十二日，馮再調孫連仲等人，擊敗蔣主席在平漢線上的部隊，中央軍退往漯河以南（古代是黃河的支流，現在只殘存一小段）。然後馮再次調集全力，要在隴海路決一死戰。蔣的安排則正好相反，隴海線馮軍既然強悍，準備把主力轉移到山東使用，這項調動使他自己幾乎送命。

反蔣陣營在爭辯後，決定推舉汪精衛負責政府，汪遲疑多時，七月十三日才在北平召開「國民黨擴大會議」，以擴大會議的名義對外號召。

八月六日，「擴大會議」各方希望發動大規模攻勢，企圖奪取徐州。馮軍的七路總攻擊，初期十分凌厲，吉鴻昌、孫良誠、宋哲元部拚死進攻，正逢連日大雨，水深數尺，馮軍最擅長在惡劣天候下作戰，加上蔣主力轉移，所以幾乎突穿蔣所布的歸德（商丘）防線，蔣主席也打算撤退，後來因為截聽到馮軍對閻錫山不滿、補給不到、石友三和張學良勾結準備脫離戰鬥等情報，決心堅守，加上馮軍疲憊過度，無力再攻，隴海線遂轉危為安。

第三個重要戰場是山東，韓復榘投向中央，又自動讓出河南後，被安置在山東，政府則在孫良誠撤守後，派陳調元任山東省主席。中原大戰爆發，韓春明支持中央，反對擴大會議，於是晉軍發動主力四個軍攻擊山東，韓一方面率軍在膠濟鐵路沿線節節抵抗。民國十九年六月，另一方面派兵把退往膠縣（距青島約三十公里）的陳調元主持的省政府包圍繳械，從此成為山東的實際統治者。十九年八月，蔣主席做了大膽調配，抽調隴海路作戰的主力蔣光鼐、蔡廷楷、劉峙等軍，配合膠濟線上的韓軍，分進合擊，討逆軍（中央軍）在大汶口（泰安南方約二十公里）大勝，晉軍折損三萬人。戰局才告明朗化，八月十六日晉軍退出濟南，十七日韓復榘捷足先登，占領濟南，隨後被承認為省主席。

山東方面之敵軍，既已全數鏟除，蔣迅速抽調援軍，由隴海路北方（右翼）攻擊，打破僵局，又在平漢線增兵，馮遂全線不支，八月二十四日，蔣主席下令全面進攻，以鄭州和洛陽爲目標，尤其是九月十七日楊虎城占領龍門，截斷馮軍退路，九月十八日，張學良表明擁蔣態度，率軍入關，再加上石友三的撤軍，大局更形開朗，馮玉祥遂注定全面慘敗。

張學良的左右袒，顯然是決定性的關鍵，先是蔣主席會吳鐵城入東北，進行遊說工作。吳攜帶名姬，出手闊綽，場面豪奢，令從小錦衣玉食的張少帥也自嘆弗如。據高興亞的記載，某日吳大宴東北要人，餐後麻將消遣，每人入座時，抽屜內均事先置有兩萬元，勝者帶走，負者無虧，席開十餘桌麻將，人人盡興而去，當時閻馮也知道張學良重要；派出恭謹的薛篤弼、賈景德二人前去遊說，可憐兩人想送禮三千元，也要坐等請示匯款，當然一敗塗地。張氏既表明立場，南下攻擊北平、天津，擴大會議派的國民政府無力抵抗，河北遂入張氏手中。苦戰於隴海路的馮氏，對這些變化並不知情，始終期望閻錫山來援，但閻已經密令晉軍（原先的三集團軍）全線撤退，汪精衛的擴大會議諸要人，更爲慌亂，紛紛走避，馮因堅持不退，使得全軍潰敗，損失更大。

將領們一開始作戰，就心不甘情不願的，雖然初期戰事順利，能夠勇猛前進，一到戰局逆轉，蔣主席又天天以心戰招降，動之以情，說之以理，「中正與諸君曾共患難，情同手足……諸君今日已無可退，實亦不必退不必逃，中正愛護諸君，仍如曩昔，雖取包圍之勢，絕無剪滅之心……」所以每天都有將領向中央投誠，到了十月三日，開封被中央軍所占，汪精衛、閻錫山祕密赴鄭州，勸馮共同發表停戰通電。馮玉祥屬下，除宋哲元部退往山西，保留些許實力外，其餘全數為中央所收編、遣散。

十月四日，鄭州已經聽得到炮聲，馮才率總司令部人員入山西依閻錫山。鄭州由十九路軍陳銘樞攻入。十月八日馮、閻願意下野，閻軍交徐永昌、馮軍交鹿鍾麟負責，並由張之江（早已投中央）負責洽降，但蔣已掌握絕對優勢，對於鹿鍾麟接任的安排絕不接受，甚至連馮的衛隊旅旅長，也投孫連仲（已降），最後僅餘的殘部，包括宋哲元、張自忠、劉汝明、趙登禹等人，接受張學良的改編，成立二十九軍，由宋任軍長，劉汝明任副軍長，自此縱橫中國軍界的「西北軍」，已經大部消滅，只剩下少許殘餘力量，星星點點，仍然能發揮一些作用。

此次大戰，雙方動員的人數高達一百四十萬人，為期八個月，傷亡二十五萬人，身與其事的人記載：「戰區之廣、戰禍之烈，不特北伐之役，未足與擬，即民國以來，絕無其例，抑中國數十年來所未有。」以主戰場河南爲例，災民竟達一千五百五十萬人，屍骨遍野，疾疫橫行，北伐後稍獲整頓的中央財政，也因此負債一億三千萬元，幾近破產。西北原是貧弱之區，再經閻、馮徵發，破產更爲嚴重。

更有甚者，雙方都出動百戰精銳、企圖心最旺盛的部隊相搏，所以國力大受折損，對日人欺凌，抵抗力減弱；對這兩年間共軍的崛起，也無力制止，坐視共軍擴大。郭廷以先生曾論中原大戰，有如軍閥時代的「直皖、直奉」等戰役，國民黨軍隊自相殘殺的結果，加速了自己的敗亡。

抗日搏官

民國十九年底馮玉祥虛歲五十，烜赫的功業已成過去，殘兵敗軍雖然承蒙山西省主席商震收留（閻也下野），但窘況甚慘。有人認爲殘軍共三萬五千人到四萬人之間，但中央只同意撥給一個軍下轄兩個師的番號給養，且完整的部隊優先，當然「編餘」的人員很多，鬧過幾次譁變，飢寒可憫。

馮玉祥自己託庇於山西，卻不方便再去接近軍隊，隱居在山西省中部的汾陽，與駐軍主力約隔兩百多公里。汾陽已不在汾河沿岸，馮的住處又往呂梁山中數十公里，名叫峪道河的河谷，谷中滿是果木，極其幽靜，殘餘的教導團學生數千人，由張自忠率領，則駐在汾陽，對馮稍加保護。

民國二十年四月，宋哲元訪張學良，獲准再增編一個師，番號為暫編第二師，師長由副軍長劉汝明兼任，又成立兩個軍官教導團。

民國二十年三月，蔣主席身兼國民政府主席、行政院長、陸海空軍總司令三職，集軍、政大權於一身。又因意見不合，將立法院院長胡漢民先生軟禁於湯山，一時輿論沸騰，廣東尤其激憤，各路反蔣力量再度聚集。這時旅居山西的馮玉祥卻遭到更大的恥辱，被逼得無處藏身，原來山西省自從閻錫山去後，由商震任省主席，商震為了取得蔣的信任，開始向馮氏手下施壓，並併呑馮的侍衛營劉田部，派員搜索薛篤弼住處等，馮則恐慌逃離汾陽，一時間四顧茫茫，幸而張學良表示慰問，商震才住手。此次事件促成馮和宋哲元二十九軍先後離晉。宋軍先奉張學良命，前往河北省南部，脫離山西；馮則因二十年的九月十八日，瀋陽事變而獲復出機會。政府的不抵抗政策，激起輿論更大的不滿，年底蔣主席遂在各方巨大的壓力下，宣布辭去國民政府主席及行政院長之職。馮玉祥則在北方要人張學良、閻錫山的督促下，先前往南方察探變局，馮經過北平、濟南，由津浦線南下，韓復榘親來迎接，並對以往行為悔悟，二人談了一晚，成爲以後移居泰山的伏筆。

馮到上海，胡漢民不見；訪汪，汪稱病不見；馮想訪蔣，更屬不可能，就設法住在黃郛家中，請他代爲聯絡。黃郛也虛與委蛇，馮悵然而返，只得轉而和孫科內閣合作。在此之前，蔣二次下野，改由林森爲主席，孫科爲院長，一時之間，廣東諸人紛紛獲得重用，但也有人得知孔祥熙堅辭財政部長，而知道孫內閣絕不能持久。即使如此，孫科仍有一番布置，南京方面，全靠陳銘樞的十九路軍支持，但對外仍嫌單薄，又遣簡又文等人，奉請馮出山，贈款三萬元，馮欣然答應，南下共襄盛舉。如今聯蔣不成，當然退而求其次與孫科合作。

此外，宋哲元等軍官也頗覺久旱逢霖，希望獲得較好的待遇。但新內閣基礎薄弱，不到一個月，已經被何應欽等將領的索餉浪潮沖垮，陳銘樞的態度也轉趨消極，留下一句「到底是兵多的，講話有力些」，便匆匆下台。

另一方面，日本海軍也想在中國大展身手，不讓「九一八」的陸軍專美。在民國二十一年一月十八日，由女間諜川島芳子等人，製造中日糾紛，日軍藉口保僑，派艦到達上海，戰事一觸即發，更促成孫科內閣一月二十七日的崩倒。一二八淞滬戰爭爆發，仍由汪、蔣出任大局，汪任行政院長，宋子文任副院長兼財政部長，蔣任軍事委員會委員，不久又擔任委員長，此後「委員長」頭銜，成爲他的專稱。國府要人中，除了孫科遲遲不肯任立法院長，胡漢民堅決退休外，其餘諸人已經全部接受了這項安排，算是空前團結的局面。

這時，蔣才出面邀馮餐敘，宴中極爲客氣的說：

過去都是我做兄弟的過錯，把國家鬧到這樣地步。可是大哥也有不對的地方，那就是太客氣，不當面指出兄弟的缺點。現在國難當前，我們必須精誠團結，才能挽救危亡，希望大哥隨時指教，不要再客氣了。

馮此次南下，總算稍有所得，獲任國民政府委員、政治委員會特務委員會委員，以及軍事委員會委員等職。

至於上海方面的戰事，則因爲十九路軍軍長蔡廷楷（陳銘樞已去職）堅決抵抗，改組後的中央又派遣第五軍蔣光鼐來援，配合大都市中重武器不易發揮的特點，奮戰多日，陸續抵抗到三月二日才撤退，日本則在國際壓力下，同意三月九日起撤兵。

在舉國若狂的抗日氣氛中，馮氏深知高喊抗戰可以獲利，但民國二十一年二月十二日，馮出席由蔣召集之軍事委員會，會中決定仍由外交解決，馮知道主導人仍然是蔣氏，自己並無作用，不久便再以病假爲由，三個月起又隱居泰山，韓復榘接待數日，親自準備洗臉水等。這也是馮氏當時唯一可去的藏身之地。這次隱居的五個月，情形又有變化。二十一年八月，張學良與中央關係惡化，宋哲元則因此獲得察哈爾省，取代東北軍嫡系的部隊在察的地位，這是舊西北將領中，第二個獲得地盤的人。九月一日宋哲元赴察上任，十月，馮結束他在泰山的「讀書生活」。到察省後並未有所行動，蟄伏半年之久，這件事據馮自己的解釋則是：

我在察哈爾早就想抗日……不過經濟沒有辦法，所以一延再延，不能發動，後來朱子橋（慶瀾）先生送了我十萬塊錢，我才打起抗日的旗子來。

朱子橋是朱慶瀾的字，他原係廣東前任省長，當時組織了一個民間抗日團體「義勇軍後援會」，在兩廣指責中央不抗日時，募捐了若干經費，此時部分交馮使用。可是經費缺乏，並非馮不能抗日的眞正原因。

歷史學家則認爲，馮的延期是受宋哲元態度所扼，宋很堅決地表示，絕不參與馮的鬧劇，使他不敢妄動。馮曾派親信張允榮（曾隨侍赴俄求援，後任參謀長）前往遊說宋氏，並把宋哲元比爲關公身陷曹營：

關公在曹營，曹操對他，三日一小宴，五日一大宴，上馬獻金，下馬獻銀，對酒紅袍，可是他把曹操所贈的新袍穿在裡面，仍把舊袍罩在外面，你說他為什麼？

宋答以：

你說的意思我懂得，我絕不打（馮）先生，但是也不跟著他胡鬧，今天國家需要統一，要抗日也得大家一起來，不能再有內戰。

不過，民國二十一年夏季開始，日軍已向熱河滲透，負責熱河的湯玉麟態度模糊，既派代表慶賀「僞滿洲國」的建國，又向中央表示「矢志守土，藉盡天職」。八月日軍入熱河，湯氏毫無戒備，但北京的學者們卻義憤難平，堅決主張抵抗。二十二年一月初日軍攻山海關，落合少佐以二百六十人，攻占中國的天下第一關。一月底以兩萬人攻熱河，二月間勢如破竹，湯氏不戰而退；三月二日湯氏假稱親赴前線督戰，結果卻滿載鴉片和財貨一逃了之，只費時七天，造成舉國震驚的熱河失守，事後張學良雖殺湯玉麟洩憤，且辭職表示痛心，但「不抵抗將軍」的頭銜，卻成爲他揮之不去的噩夢，後來劫持蔣委員長，發動西安事變，也是這種不平衡心態所造成的。

熱河不戰而失守，蔣氏受到很大的指責，同時在江西進行的第四次圍剿共軍，也遭到挫敗，北方能使用的兵力有限，不得不再次賦予北方將領較大的權力和較高的職務。

北方僅餘的各地方軍和中央增援部隊，總共編組八個軍團，宋哲元部編爲第三軍團，有些記載二十九軍此時再增一師，編號一三二師，師長爲趙登禹（另些記載趙升師長及擴編，均在長城戰役之後），全軍集中在北平東郊的通縣、三河一帶待命。

三月初，日軍受勝利的鼓舞，已經追擊到長城沿線，蔣委員長也親赴前線督戰，決心在長城沿線堅決抵抗。二十九軍則奉命在喜峰口禦敵，三月九日趙登禹親率大刀隊夜襲，造成日軍死亡五百餘人，以後血戰數日，各處殺敵甚多，輿論大爲振奮，尊宋哲元爲「喜峰口的英雄」。其實長城之戰，不僅二十九軍如此，其他各軍也都十分英勇，中央軍十一個師、東北軍十二個師，加上原西北軍、晉軍的十三個師，全部參戰國軍三十五萬人，是全面性的大合作。戰到五月底，我軍戰力耗損嚴重，不得不以外交方式收場。

另一方面，自從宋哲元奉命離開察哈爾，開赴長城沿線作戰，馮玉祥遂在當地大肆活動。日軍進攻察哈爾的部隊，五月一日陷多倫，月底陷沽源，馮玉祥則在五月二十六日，就「民衆抗日同盟軍」總司令，這次部隊襤褸的情況，比起「五原誓師」時猶有過之，成分也複雜得多，極難統御，卻奪取了宋在察的統治權。

盟軍主要包括馮的舊部方振武、吉鴻昌、孫良誠，合計三萬二千人，是這時馮嫡系部隊，不過諸將互不相容。其次是察哈爾的地方部隊，由張厲生率領。其三是由熱河退下的義勇軍，如馮占海部等，其四是事後投降的僞雜軍，如劉桂堂等，裝備簡陋，總數號稱十二萬人，但有三分之一爲徒手。這次的抗日活動，也確實得到若干輿論的支持，上海、廣州就有六十幾個民間團體，對他的行動表示支持。

六月中旬，同盟軍開始行動，向東進攻，由於劉桂堂部反正，馮氏先復沽源，七月七日竟進克察省東部重鎮多倫，統有察哈爾全境，這時長城之戰，延伸到灤東，已由黃郛出面交涉停戰，黃也對馮的舉動深感頭痛，深感這種短暫表面的勝利，可能帶來更大的報復。

馮氏也知道軍政各界，仍認爲他蓄意割據、容共，一方面他又希望得到宋氏諒解，但宋一辭察省主席，再電中央，表示對馮並不支持，但也表示不會對馮用兵。宋哲元派代表幾次與馮接洽，馮有意結束軍事，但因方振武等人態度強硬，而變得反覆難測。宋哲元遂命龐炳勛、馮欽戰進兵，馮氏軟化，同意交還察省。

宋氏在八月五日乘專車赴張家口，馮親自在車站相迎，自稱：「我是特別來歡迎抗日英雄宋將軍的。」即將軍隊交宋整編，番號龐雜，號稱八百二十八團，宋整編後，只留十二團精兵。方振武、吉鴻昌又變，不肯收編，則被分別解決。馮則回泰山隱居，實則人人「敬而遠之」，不敢再去訪視。

另外，宋哲元自從長城抗日後，威望日隆，不久宋先兼北平衛戍司令、宋的幕府秦德純（紹文）任北平市長，張自忠任察省主席，宋又兼河北省主席，軍委會北平分會取消後，宋任冀察政整會委員長，又接收抗日同盟軍數千人、熱河湯玉麟殘部數千人，尤其重要的是，湯軍原係東北軍系，火力素強，有三十餘門野戰炮，經宋接收後實力大爲增強。也有人記錄趙登禹升任師長，二十九軍擴編四個師，均在此時。但自從停戰協議簽定後——即「塘沽協定」，將河北東北角灤東地區二十二縣，劃爲「非武裝區」，撤退平津中央部隊、軍事委員會分會及國民黨黨部，宋哲元在這些微妙平衡下，一面和中央維持較冷淡的關係，一面祕密擴充軍隊，購置武器，數年之間，在中央默許下也擴充到十二萬人之多，並拒絕中央的部隊進入河北，使他成為河北唯一的中國武力。

宋氏復振，但立場頗為尷尬，一方面要和日人周旋，取締共黨和抗日分子，遂與北平學術界、輿論界以及學生關係惡化；另一方面對中央所資助的各項援助，也不便接受，以致謠言四起，紛傳宋氏將在日人卵翼下，成立偽政府。一時間，北方浪人政客大肆活躍鼓吹自治，《大公報》及傅斯年教授等，則力勸宋不可割據自雄，宋氏大怒，查扣《大公報》，後經陶希聖、胡適之等人，打出「與二十九軍合作抗日」口號，共黨分子劉少奇潛赴北平，也贊成「擁宋抗日」口號，對宋的批評浪潮才告消退。

副委員長

在馮本身，自從結束察哈爾抗日行動後，仍回泰山接受韓、宋二人輪流供養。民國二十四年七月，蔣委員長為擴大團結基礎，特派李烈鈞前往泰山，使用激將法，痛陳：「亡國慘痛，即在目前，天下寧有負蒼生之望者，猶悠遊於山水間耶！」馮氏心動，漸有出山想法，再加上對安全的顧慮，則有韓復榘願做擔保，於是欣然南下，二十四年十月三日動身，到達南京後，蔣委員長歡宴並表示對馮意見十分尊重，馮也很感動，在日記中大寫：

> 只看見日本人的混帳，不看見自己弟兄的過錯，便是我們學識的大進步，否則仍是愚昧無知的人。

十二月中，馮玉祥出任軍事委員會副委員長，開始時在軍事委員會辦公，一切機要都由馮過目，不久，由孔祥熙送來搬家費數萬元，另設副委員長辦公室於南京頭條巷，馮遂不能發揮作用。馮則另在三條巷設立招待所，招集舊部，因爲頻頻出面解救北方抗日及共黨青年而遭忌。民國二十五年十二月十二日，西安事變爆發，馮認爲委員長出事，副委員長理當代替，但何應欽等堅決不肯，並將軍委會公事移到何應欽家裡處理。馮何兩人衝突升高，馮並對自己的安危感到擔心，計畫逃出南京，此事因蔣委員長突然返回南京而作罷。蔣回南京，重訂容納共黨、聯絡蘇俄的政策，使中共被消滅的危機暫消。

民國二十六年七月七日盧溝橋事變爆發，宋哲元部損失慘重，團長吉星文率先迎戰，副軍長佟麟閣、師長趙登禹相繼陣亡。馮玉祥先以軍委會副委員長身分，派往上海，任第三戰區司令長官，但部隊絲毫不聽調遣，馮氏虛位而已，怨望極深。九月，北平、天津相繼失守，馬廠再敗，日軍遂沿津浦線南下滄州，頗有併吞冀、魯兩省的聲勢，由於輿論一致要求，派馮前往督率宋哲元、韓復榘兩軍及東北軍萬福麟部抗日，遂改任第六戰區司令長官。但時局大變，馮對韓、宋、萬等人並無統率實力，馮的初期構想是固守山東、河北交界的德縣，德縣是津浦路北段重鎮，另有鐵路西通石門、太原，馮將部隊布置在德縣前方的連鎖、桑園一線，吸引日軍，另派副官鹿鍾麟率軍由鐵路東側繞道敵後，攻占滄州的泊頭（馮家口），此計初期進行順利，鹿部攻占泊頭，拆毀鐵路，造成日軍腹背受敵，但此時突然傳出馮將以鹿鍾麟接管韓氏部隊之說，韓追隨馮氏多年，對謠言寧可信其有，韓氏直系的展書堂師不但不向前撲擊日軍，反而放開津浦線防區，宋哲元則飽受流言困擾，已避居泰山，傳聞馮將以原二十九軍師長馮治安代宋。此時政府爲進一步授權前線將領，再將二十九軍編制擴大爲一集團軍，馮治安已升任軍長，宋哲元兼第一戰區副司令長官，宋既與馮心結難解，馮治安部表現也不佳，津浦路遂全線潰敗，十月四日德縣失守，馮玉祥已無可爲，遂返回南京參加國防會議。十一月，山東的黃河以北全部淪陷，馮玉祥再送一封親筆信致韓氏：「余平生不求爾等，只此一次，即全力抗日也……試問黃河以南，豈有汝等容身之地？」

但韓的退兵保留實力已成定局，到次年一月十日，韓軍全部脫離津浦線戰鬥任務，避居運河西岸。蔣委員長則以召開軍事會議爲由，誘捕韓氏，並徵詢馮氏意見，派鹿鍾麟主審，將韓氏處決。

這是馮玉祥最後一次掌兵權，與舊屬弄得不歡而散，韓復榘既死，宋哲元灰心，因病辭第一集團軍總司令職，民國二十九年病逝四川綿陽，其餘諸將紛紛改隸其他長官麾下。

馮投閒置散後，仍頗爲勤奮，努力演講，到處宣傳抗日必勝的信念，又奉蔣委員長命令視察工事，視察徵兵行政，以第三戰區督導長官的頭銜，四處奔走，但有人擔心馮同情共黨，密報蔣委員長，所以到民國二十八年五月，這項任務也告終止。但馮一生頗有愈挫愈勇的鬥志，這時更揭出：「做而有困難，是我做得不好，不能怪環境；說而不能聽，是我未說明白，不能怪他人」的宗旨，時時找機會面諫蔣委員長，雖然有時不被接納，也不生氣，這是他的修養已經大有進步。但馮目睹軍政部種種不合理現象，指責部長兼參謀總長何應欽，而與何勢同水火，弄得馮的演講詞不准播出，軍委會中消息對馮保密，逮捕馮身邊的隨從，並削減馮的隨員及馮本人的待遇，使馮的生活頓時陷入困窘之中，最後似乎由馮透過鹿鍾麟，請張治中出面，向蔣委員長說明，數月之後，才告解決。總之，馮在重慶度過六十大壽，他的家庭生活也發生糾紛，可能因韓姓女子的介入，而與妻李德全打算離婚，但愛人韓小姐卻遭李德全與舊屬移往他處，失去聯絡。馮遭一連串打擊，精神恍惚，企圖投江自殺，最後則決定留書出走，但寄給蔣委員長的信，則被蔣左右所扣。馮氏於三十一年五月到縉雲山（縉雲，是神話中的仙界都城，又稱仙都，中國似有好幾處，馮此次隱居，應該在四川灌縣附近）隱居，居住約三個月。後因張治中緩頰，生活費問題已告解決，九月返回重慶，也恢復了馮和委員長通信的權利，經過一番撫慰，馮氏又告振奮，成立「中國國民節約獻金救國運動會」。獻金運動雖經馮玉祥極力鼓吹，歷時八個月，約得八十八萬元，情況並不理想。三十二年底，再發動第二波獻金運動，此次動員許多大學生，並旅行四川二十多個縣，進行十個月，約得黃金二萬三千多兩，表面上成果輝煌，但其中另有隱情，因為張群當時擔任四川省主席，各縣市鄉鎮負責人為討長官歡心、求表現，甚至分派金額命人捐納，使捐獻成爲不樂之捐，造成民怨，民間傳言：「馮玉祥一到，雞飛狗跳。」熱心奔走獻金運動的幹部，甚至被人暗殺，馮也知道情況惡化，不容再做，乃在三十四年結束了獻金運動。

馮在獻金運動中，因爲常與群衆接觸，因而又興起「收門徒」的念頭，馮氏部將張樹聲自從離開軍中，即成爲會黨領袖，在低階級中影響力很大，令馮羨慕仿效。結果此例一開，除了官場上許多人想要結爲奧援，前來拜訪的，還包括特務、惡霸、流氓，另一方面採納簡又文的意見，聯絡企業家，成立「利它社」，一方面支援救國獻金運動，另一方面撥款濟助文化界人士，其中以農業改革者陶行知獲得的支援最多。利它社雖然發揮了一些力量，但到了馮玉祥赴美後，也就自然消失了。

六、沈潛與讀書

常德駐軍

縱觀馮氏一生，屢仆屢起，原因在於他善於利用沈寂的時期，努力不懈地進修，常使聲譽鵲起，馮玉祥的傳記作者簡又文先生曾言：「馮氏每於失敗後，進修益力，拚命讀書……態度於消極中至為積極，此其人格可取之處。」除開青年時期不談，民國七年，常德駐軍期間，馮玉祥已官拜少將，又再一次察覺到讀書可以積蓄力量，使全軍反敗為勝。此後就成為馮氏失敗時常用的策略。

當時馮氏擔任旅長，已經到達瓶頸，無法突破，而且北洋政府對他用而復棄，棄而復用多次，所以駐軍常德後，除了注重全旅的軍事教練外，另設「讀書講解會」，重點在選修一門外文，當時開的科目有英文、日文兩科，馮氏自己選英文，每日苦讀兩小時，並在門上懸一木牌「馮玉祥死了」，停止辦公、見客，課業完畢，才改懸「馮玉祥復活了」木牌。雖然如此發憤，但一則已過求學年齡，學習語文成效更差，馮氏似乎只能使用一些簡單的單字，或應酬語，我們看馮氏晚年遊美，考察水利，對英文幾乎完全不能聽、講，可爲證明。其他軍官的情況也差不多，另據劉汝明記載過之綱、葛金章等人和馮同習英文，劉汝明自己和門致中、薛篤弼等人參加「日文班」，因爲缺乏後續的求學環境，所以這批日文班的軍官們後來連平假名、片假名都忘得乾乾淨淨了。

即使如此，在那個舉世皆濁的時代中，馮氏這種奮鬥不懈的精神，卻有莫大的象徵意義，像是無盡黑夜中，星星點點的火光，格外引人注目。再加上馮當時努力在軍中傳教，外人自動爲他揄揚的不少，中國的基督徒名流如余日章（青年會總幹事）、聶其杰（企業家）、徐謙、王正廷（儒堂）——後兩人是國民黨重要幹部——極力推崇，一時「基督將軍」的雅號騰播國內外，「模範軍隊」更聲譽鵲起，成爲他崛起的重要轉捩點，馮氏讀英文的習慣，大約持續兩年多，到民國九年八月，全旅退居湖北信陽時，仍在晚餐後習英文。晚年赴美又恢復學英文，但成效有限。

此後再入陝西，是中國古文明的發源地，碑帖甚多，馮曾聘當地名士閻甘園習漢隸、臨「華山碑」，馮氏書法成績不惡，尤其出自失學自習而來，已屬難能可貴。

南苑時期

自從離開湖北，馮玉祥曾任陝西、河南兩省督軍，翼附於直系吳佩孚，後因力量擴充太快，引起吳佩孚的不快，被逼去職。民國十一年十月改任有名無實的「陸軍檢閱使」一職，當時馮氏已擁有三萬人的實力，餉械負擔沈重，弄得馮氏左支右絀，羅掘俱窮，但馮氏仍能沈毅刻苦，善用失敗，作爲再起的契機，這又是一段堅苦卓絕的過程。

南苑駐軍時代，除了一般性的軍事操練外，並注重爲民服務、肅清治安、軍醫施診、植樹、修路、打掃環境、捐血等事，並搶修永定河堤。

在軍官訓練方面，除了一般的戰術、典範令外，又加入中國傳統名著《曾胡治兵語錄》、《左傳擷要》等。吳佩孚當時以儒將傲視同儕，常常賣弄《易經》，馮在羨慕之餘，也頗思效法。南苑駐兵時期，大力延請三位具國學根柢的老先生講授《易經》，第一位王瑚，河北定縣人，是清末翰林，也是馮自幼仰慕的廉吏，曾講《易經》、《書經》、《群書志要》三種，後來在馮軍中服務甚久。

其次是張先生，生平不詳；以及陳主欽，閩人，爲滿清遺老，馮親行三叩首拜師禮，頗有古人求賢若渴之風。陳氏擅講《易經》「謙卦」，使馮玉祥十分嘆服，以後遭遇大事，常喜「以退爲進」，這種手法其中固然有幾次相當成功，但也有幾次因此而未戰失敗，這是他過分崇信「退」的力量，拘泥文字所造成的挫敗。

此外馮常請當時的名流，到南苑參觀、演講，見於記載的有王正廷、顏惠慶、黃郛、蔣百里、徐謙、凌水等人。演講每周兩次，這些名人，或談國際現勢、中國政局，或講軍事專業知識，不僅使馮軍耳目一新，更重要的是，這些人和馮結交都倚馮爲後盾，並主動爲他揄揚。此外，學術界的重量級人士梁啓超、辜鴻銘等，也常以書信，鼓勵馮的士氣。宗教界方面，與北京青年會外籍總幹事格里相往來，國民黨方面要人另有孔祥熙、李烈鈞、于右任、馬伯援等人，先後來訪，逐次介紹中山先生學說，成爲馮後來和國民政府合作的遠源。王正廷、徐謙更進一步介紹俄國大使加拉罕，開啓了後來馮赴俄求援之門。比起北京政壇中一片腐朽墮落的風氣，南苑欣欣向榮的氣象，是誰都看得出來的，所以有些人對他們抱著很高的期許。例如黃郛，每星期必往南苑演講一次，車程單趟一小時，演說兩小時，全程在四小時以上，黃郛素有胃病，每周因顚簸而痛苦不堪，但極力結交馮氏，並許爲：

這個集團可能為北方工作的唯一同志，彼此必須認識瞭解，且此中必有他日方面之才，能多認識本國及世界局勢，或者少誤國家事。（黃郛妻沈亦雲《亦雲回憶》）

後來又聯絡馮軍部屬到黃宅便餐，談到深處，漸漸結爲同盟，這也是促成後來「首都政變」的導火線之一。「首都政變」雖有成有敗，但總算再一次爲馮氏和西北軍，暫時衝破困局，開創新機。

困處山西

北伐成功後，諸集團軍總司令因屬下挑唆和各懷心機，終於釀成各軍火併，其中又以閻錫山謀定而後動，基業最深厚，所以馮幾次失敗，都託庇於山西。如猛虎離山林——其中危疑震撼的關鍵不少，馮也靠講讀打發光陰。

民國十八年夏，馮往太原企圖聯絡閻共同反蔣，反遭閻軟禁於太原南部的風景區——晉祠，隨行的幹部有鄧哲熙、劉竹坡、陳希文、陳汝珍等人，另外客卿王瑚也在列中，既遭扣留之後，馮只好每天請王瑚講書教書法，消磨時光，防止怠情，這段期間似乎以政論性書籍爲主。據記載左手持《陸宣公奏議》、右手持《梁啓超學術演講集》並讀，後經簡又文的建議，不再把上下千年的著作拉雜堆塞腦中。馮每次失敗，都能以較冷靜的態度，接受建議和新知，確是歷久不衰的祕訣。

民國十九年「中原大戰」後，閻、馮集團瓦解，馮失敗尤其徹底，依居山西汾陽峪道河谷，山西省主席由商震接任，初期甚表親近，出示兩次結婚照片，都由馮主婚云云。馮此時已重新檢討失敗的原因，削減家長式的領導色彩，並且傾向社會主義學說，痛改以往「無鮮明政治主張」的缺點，並請汾陽軍校（原爲西北軍教導團的殘部，現在已改名爲汾陽軍校）的教員汪導予講社會主義、英傳泉講社會發展史、高興亞講政治經濟學等，這些新理論，使馮頗感興趣，又進一步聘李達講唯物辯證主義，陳豹隱講政治鬥爭原理，並由陳負責成立一個研究室，召集學者介紹共黨理論。

民國二十年，馮更進一步，與共黨黨員蕭明、張吾唐交往，並捐贈電台給中共的上海共黨中央，與國民黨中著名的親共人士鄧演達通信，這些行動可能引起蔣主席的不快，再加上山西情勢的變化，商震對馮的待遇也大不如前，派員搜查薛篤弼宅，馮氏惶恐中，幸而韓復榘自從改投中央以後，取得山東地盤，且對馮表示恭順悔過，馮幾經奔波，最後決定前往泰山。

從泰山到重慶

泰山是馮死後歸骨之所，這可能是因爲自從上泰山以後，馮和中共的關係才日益親近，中共得勢後，遂葬馮於此。馮上泰山是民國二十年底，開始組織研究室，同時也溫習以往學過的中國古籍《左傳》、《易經》。二十二年初，馮前往張家口，策動宋哲元一部分屬下「自行抗日」，歷時數月，經中日雙方的壓力而宣告結束。二十二年八月，馮重回泰山，並擴大研究室的成員，計有宋斐（或作宣）如、賴亞力、鄭志雄、徐默生、尹景湖、楊伯竣、董立誠、吳組湘、蘇炳奇、李華清等人，除了常設的人員外，還利用寒暑假聘請共黨學者陳豹隱、李達、鄧初民、白雕飛、許德珩、陶知行、陶宏（知行子）、李季谷、王謨、薛德堉（或作育）、高滌泉、老舍、何容、王向辰、田疇、王治秋等人，到泰山講授中國古籍、政治、社會、史地、生物、天文等科目，當然也少不了辯證法和唯物論等，並整理馮的回憶錄《我的生活》約五十萬字。

馮此時已失去實權，只能寄望諸學者能對宋哲元、韓復榘兩人發揮作用，所以努力推薦共黨學者到兩人軍中去，雖然當時作用不大，但到了大陸淪陷前夕，就陸續影響許多西北軍舊部改投共軍。

馮佩服武訓精神，令范明樞、張雪門在小王莊一帶設立十五所武訓小學，教育貧童，並撥充手工藝場、茶園等，供學校自給自足。馮的隨員們則在關帝廟中，成立戰史研究班，培養軍事人才。

馮到泰山後，因行爲左傾，舊友來往較少，反蔣人士倒頗爲熱絡，訪客有孫科、陳公博、王懋功、王紹鏊、劉孚若、王造時、曾琦、陳璧君等，老革命黨中李烈鈞、李根源也曾赴泰山訪馮。另馮曾派員聯絡楊虎城、胡漢民、李濟琛及十九路軍等。

但另一方面，馮卻十分希冀蔣對他再度垂青，因爲馮自始至終都認爲共黨奪權執政機率十分渺茫，所以雖經多方布置，一經蔣氏表示歡迎，立刻結束泰山生活，安排前往南京事宜。其中一度赴察抗日，仍以失望收場，再上泰山，住到受命出山，再掌兵權，卻因此和韓、宋不洽，兵敗後，山東陷於敵手，馮氏也輾轉前往四川。

入川後，馮的言行更受人側目，他辦了一所「三戶印刷所」，取名「楚雖三戶，亡秦必楚」的意思，這個出版單位，除了印行馮自己的著作外，還祕密印行列寧、毛澤東的文集，所以遭人查封取締，馮也遭何應欽、谷正綱等人公開斥責爲共黨外圍分子，生活一度陷入困境。

馮生平以未入陸軍大學爲恥，民國二十五年在南京，身居軍事委員會副委員長的高位，仍寫信給長子洪國，提起此事。入四川後，即以五十七歲的高齡，入陸軍大學讀書，爲特三期。兩年後畢業，終能一償心願。

馮在重慶時，另設「作家書屋」，兩年後另設「白屋書店」負責出版工作，馮氏自己則請翦伯贊講中國通史、俄國某將軍講戰略學、王牧師講聖經英文，暇時則練習書法、作詩等。事後察覺王牧師是中統局派來的情治人員，慌忙解聘。

至於原來的研究室，馮氏興趣已稍減，一度請李達代理，馮除了共黨書籍外，仍溫習中國古籍《左傳》、《書經》、《禮記》、《史記》、《漢書》、《綱鑑易知錄》等，這段期間，馮也出版了他自己的回憶錄《我的生活》，由華英書局和姚蓬子出版，是研究馮氏生平的重要資料。

此後四年，馮氏並無建樹，抗戰末期，當年馮所殺的徐樹錚之子徐道鄰，控告馮玉祥、張之江殺人罪，最後雖以不起訴處分，但顏面受損。民國三十四年八月，日本投降，國共兩黨再告決裂，馮氏立場更爲尷尬。三十五年五月，制憲工作已經進入最後階段，軍事委員會取消，改組國防部，馮氏失去職務，遂積極另謀打算。

另一方面，東北的國共大戰，杜聿明大敗共軍三十萬人，蔣認爲勝券在握，遂答應美國的調停，一再休戰。馮玉祥則與友人商議，籌畫赴美事宜。

七、最後的旅程

背景

抗戰時期，馮在軍委會雖投閒置散，究竟高踞「副委員長」的寶座，與蔣委員長在名義上，只有一肩之隔，但民國三十五年，抗戰既勝，軍委會取消，馮氏遂無所歸。幸而多年來接觸水利工程，早自西北軍時代的開發河套，到了訪俄期間參觀水利建設，在頓河大壩上徘徊不去，發問最多，回國以後也擔任過一屆黃河水利委員會委員長，同行的毛以亨認爲水利確是馮氏除了軍隊以外，另一個極感興趣的範圍。

抗戰期間，馮氏舊屬薛篤弼，已經官至行政院水利會委員長，一方面是照顧老長官，二方面讓他稍微紓解一下在國內因意見不同而招惹的氣悶，再加上馬歇爾鼓吹田納西計畫，令馮嚮往，並代馮向蔣疏通，於是有赴美考察水利之舉。國內政壇大人物失敗下野後，常自稱要出國進修，馮氏盛時也有幾次打算出國，但眞能成行的，只有赴俄求援和此次赴美兩趟。

馮玉祥出國的身分是水利會特使，夫人李德全、女兒馮理達、馮曉達、兒子馮洪達隨行，理達畢業於美國柏克萊的太平洋學院，是馮家掌上明珠，隨員中稍微攀談同行，立刻遭馮斥退。其他的隨員計有馮自聘的中文祕書二人，英文祕書一人，馮季發（副官兼姪兒）以及水利會選派的水利顧問二人，其一姓劉，是西北軍子弟，另一位爲章元羲（彥茗），因爲章氏與馮關係較遠，且在事後有詳盡的回憶發表，使我們得知馮氏在美一年的活動細節。當時政府已經計畫在抗戰結束後，積極建設，陸續派人前往美國考察，此次則因馮氏地位崇高，較受注意而已。

考察

馮氏一行九人，由上海乘船赴美，由舊金山登岸後，先往柏克萊，並安排馮做初步接觸，計有美國史、水利功程等課程，後者由美國灌溉工程專家艾夏瑞（Etchenerry）擔任，章元羲任翻譯，根據美國習慣，講後並贈圖表及統計資料，稍做準備之後，就開始考察之旅。

首次安排的是加州的「中央盆地水利計畫」，加州是地中海型氣候，冬季有雨，夏季苦旱，北方來的沙克拉門脫河，水量大但農田少，南方流來的聖沃金河，水量少但流經廣大農業區，兩河在舊金山附近會合入海。在民國二十年，加州有了一個創新的想法，簡單可稱爲「北水南運」，在北方河谷中，建造三個大壩，留住寶貴的水資源，配合五百七十五公里長的運河和巨大抽水站，把北方的河水往南方輸送，舉世聞名的加州果園事業，就建築在這個大水利工程的基礎上。

馮氏一行人參觀的，是這一龐大計畫中最北邊也最壯觀的夏斯德（Shasta）大壩，聽取地方和中央全力合作，征服自然的偉績，也不禁動容，想起民國二十年在中國，正是中原大戰打完，九一八上場，一方面是全力建設，另一方面是戰火連天，感慨之深，不必多談。

加州小住後，十月馮氏突下令轉往紐約、芝加哥等地，馮氏對這些大城市中所看到的種種文明病態頗表不滿，又在各種場合發表「美國在暗中利用中國內亂，漁翁得利」等言論，薛篤弼對馮這種轉變非常注意，去函請馮繼續執行赴美的原始任務，於是馮才回到加州恢復水利考察行程。在這次風波中，馮英文祕書汪先生離職。

由於美國前任農業土壤保持局副局長羅德民博士（曾駐華，協助開發西北水利）的熱心協助，安排了一趟長達兩個月的考察旅行。仍由柏克萊出發，經洛杉磯一路東行，穿越內華達山脈、死谷，參觀科羅拉多河上著名的胡佛大壩（Hoover Dam）。科羅拉多河在美國西南部，地位相當於中國的粵江，流經三個州，但水勢湍急，每年冰雪融化，易釀成巨災，原是一條有名的「怒河」，大壩在民國二十五年完工，高二百一十三公尺，加上四座較小的水壩，不但成爲南加州工業及住家的主要電力來源，灌溉三十萬公頃的果園（相當於台灣總耕地面積的三分之一強），更解決了紅泥滾滾的狂暴洪水，所以也是美國較早期的著名水利工程之一。

因爲一路上人煙稀少，冬季山區冷滑難行，到了大峽谷公園時，遇到冰雹，旅館也甚簡陋，馮遂命馮妻李德全先返柏克萊，旅途期間艱苦備嘗，繼續東行，則進入全美最大、也最壯觀的密西西比河流域，此河流囊括全美三分之二地區，對美國而言，是名副其實的「衆河之母」，下游河水平緩，馮氏一行曾到路易斯安那州的紐奧爾良附近，安排了參觀大河入海景象，但那天波濤洶湧，馮拒絕登船而作罷。溯河而上，密西西比河支流甚多，其中最重要的是西側的密蘇里河和東側的俄亥俄河，密蘇里河流經沙漠、山區，以褐色的河水聞名，當地人說這種含泥量極高的河水「耕犁嫌稀，飲用太濃」，在馮氏赴美的前一年，美國人開始了一項更壯觀的整治計畫，想把此河分割成一百多座湖泊，工程耗時多年，當時還沒有具體成效。

東側的俄亥俄河以清澈聞名，但俄亥俄河的支流田納西河則長久以來是當地農夫的噩夢，在美國經濟大恐慌時期一九二九年（民國十八年）底，國會迅速通過龐大的整治計畫，把全部河床分割為三十二個湖泊，兼具六大功能即：㈠防洪、㈡航運、㈢發電、㈣灌溉、㈤造林、㈥改善居民生活。這項工程全名田納西河流域計畫，當年馬歇爾曾參與此計畫，馮玉祥從馬歇爾口中聽到此一工程而嚮往不已，因此田納西計畫，是馮氏水利考察的重頭戲，也是美國人向世界推銷「美國經驗」的樣板。事實證明，此計畫相當成功，尤其以其中第二項「航運」，提升了約六十倍之多，較失敗的是第六項目標「改善居民生活」，此區農民平均收入，在計畫前只有全國平均收入的百分之四十，經改善後，雖有大幅成長，但始終沒能趕上全國的平均水準。但是巨大工程有效地阻止了經濟恐慌，促成美國經濟提早復甦。

馮玉祥的第二次行程到民國三十六年三月四日，再度參觀田納西工程為最高潮結束，隨後西返柏克萊，三月底回到加州，此後不再做水利考察，而專心觀望國內政局。

其間英文祕書先去職，中文祕書亦去，水利顧問章元義見事無可為，也在民國三十六年九月，藉故返國。

日常行事

馮氏此次赴美，各家均記爲領得六萬美元，馮本人三萬美元，隨員五人，每人六千美元，由於馮和夫人都簡樸成性，雖身在「金元王國」，也力求節約，多半寄住在友人家中，其中又以加州柏克萊羅博士宅住得最久，外出考察如有聯繫，仍以住在美國人家中爲省費妙策，如在田納西州住艾煦威爾家中七天，弄得大雪天竟遭逐客而去。

此外則住汽車旅館（Motel）等廉宜的住處，同行的章元義有打油詩描寫此事：

得揩油處且揩油，大雪紛紛他不留；
為表友情空寫字，開車沿途找茅頭（Motel）。

馮常借住後題字送對聯，此招對某些對中國較有感情的友人似乎有效，但對中國茫然的一般美國人，則並不領情。馮玉祥三個字，在一般中國人心目中仍是有分量的，馮氏一行如果吃中國餐廳，老闆得知是馮某，常免費招待，只付小費即可，又是省錢一法，但也有不領情的，其中一家中國餐館一餐之費竟要七、八十美元，當然叫馮痛心不已。

吃西餐則常生爭執，馮氏要省小費，提倡坐吧台，但中文祕書吳某、水利顧問劉某卻常自行決定坐桌子，弄得兵分兩路，馮與馮季發坐吧台，吳、劉坐小桌，而章元義則左右爲難，仍決定在吧台代馮翻譯點菜。

長途旅程中灰塵甚重，但馮捨不得在加油時請人代擦車，也弄得隨員怨氣沖天，一直鬧到馮和夫人動手擦車，才告妥協，以後一律在加油後花錢找人擦車了事。

馮氏爲了省錢，而和隨員們鬧出種種嘔氣舉動，是因爲馮在美期間，先經人介紹買了名車、電影機等，以壯行色，又爲久居計，在柏克萊附近的印地安小徑，以一萬七千三百美元購屋一所，因此旅費所剩不多，馮在美購屋一事，經有心人渲染，說得繪聲繪影，引起許多誤會，隨著國共情勢逆轉，馮將在中國的產業，計有北京、張家口、四川等處的房子，盡數賣掉，並支持共黨的宣傳活動。

此外，馮在美活動期間，仍常上教堂禮拜，其中荒山野地，幽雅高潔的地方性小教堂，反而常令人有出塵之想。

壯遊期間的活動，則由水利顧問劉某負責沿途攝影，事後放映爲娛。馮氏頗注意留下自己的鴻爪，另以口述，命馮季發記錄，中文祕書吳某整理每天的日記，曾在《大公報》發表若干篇。馮的次子洪志，似乎定居美國，一度全家來訪視，不數日，即遭李德全設計由馮斥去。李德全反國民政府的態度已十分明顯，馮則徘徊觀望，常寄信給蔣主席，並推敲蔣回答時的熱誠如何。最後一次，在民國三十五年十月，寄一鏡框爲禮物並附以長信（可能是慶祝蔣之壽誕），當時蔣公位望崇隆，阿諛者絡繹於途，禮物山積，價值連城，包括稀世寶鼎「毛公鼎」等，使得這個價值一元九角五分的鏡框，可能沒有達成聯絡感情的作用，也可能因爲裡面有美國總統林肯、華盛頓像，被附會成寓含諷諫之意，終究蔣沒有回信，馮氏癡等三、四個禮拜，由失望而憤怒，最後終於爆發爲第一次赴紐約宣傳反蔣之舉。

不過馮在美國，對解放黑奴的林肯總統倒是眞心佩服的，張群（岳軍）來訪，馮送張氏一角錢做成的鑰匙鍊兩個，並鄭重其事地說：「岳軍，不要小看它，那上面有林肯肖像呢！」這種「形而上」的禮物，在中國政壇似乎只能招來反效果。

民國三十六年十月，馮玉祥和李濟琛遙相呼應，祕密潛往紐約，發表反對蔣主席的演說，與蔣公開決裂，當然也不能再擺大人物的派頭，在紐約租屋而居，自炊自食，與女婿同住，馮氏的手藝仍和北伐時期一樣，煮大鍋菜（以蔬菜、肉、麵條同煮），雪福蘭轎車賣掉，得款兩千美元，出入坐地下鐵，每日散步一小時，讀英文兩小時，並常以聽英文會話唱片輔助學習，老來仍有反叛的熱情。直到數月以後，李德全東來，才重過家庭生活。

政治態度和死訊

由民國三十四年到三十六年，是國共力量消長的重要關鍵。三十四年底，當馬歇爾到中國時，國民政府的軍隊居絕對優勢，共黨只有三十萬裝備簡陋的部隊，兩年後，已經擁有兩百萬戰力甚強的軍隊，國民政府則在軍事、外交、經濟的困境中，逐漸轉弱。

馮玉祥是慣做「抉擇」的老手，這時變賣全部國內財產，投入反國民政府的宣傳活動，十一月十日，馮和若干旅美人士在紐約成立「旅美中國和平民主聯盟」，馮任執行委員會主席，所有參加者都另有工作，且要避人耳目，所以晝伏夜出，印行雙周刊，國民政府在十二月促其回國，薛篤弼也表示不能同意馮在美言行，但馮拒不理會。民國三十七年一月，國民黨中央黨部決議開除馮氏黨籍，馮則寫作《我為什麼與蔣介石破裂》、《為什麼要反對援蔣》兩本小冊子作為回應，這些反蔣言論，都收集在他死後才出版的《我所認識的蔣介石》一書中，當然令蔣主席極爲憤怒，更進一步吊銷馮的居留護照，美國方面則以「逾期居留」要求馮盡快出境。但馮的產業大部分已如前述，在反國府宣傳中花費殆盡，連旅費也成了問題，柏克萊的房子匆忙中無法出售，只有向銀行押借了八千美元，又拍賣家具，並囑次子夫婦和兩孫留在美國，目的地原訂香港，因爲當時李濟琛等人在香港成立「國民黨革命委員會」，宣傳反國府甚爲活躍，但簽證極不可能，最後求援於蘇聯駐美大使潘又新（此人原任駐華大使），才決定經俄國返回中國大陸，船過地中海，穿直布羅陀及兩海峽，進入黑海，在地中海的埃及亞歷山大港，馮曾和李濟琛通信，並預期可能遭特務殺害。

八月底，船抵俄黑海港灣敖得薩港，九月一日在放電影時起火，女兒燒死，馮氏雖獲救，又因心臟病併發或肺炎致死，享年六十七歲。

事發之後，隨行的馮夫人李德全和副官（姪兒）馮季發認爲是單純的意外事件，正如美國學者薛立敦所說的，馮剛好死在「歷史的轉捩點」上，這份巧合加上馮事先在信中流露擔心被害的心理，對中共而言，是絕好的宣傳材料，李德全奉馮骨灰由西伯利亞繞道回中國後，開始改口，咬定係政治謀殺，甚至繪聲繪影，說彼必達（俄文意爲勝利）號船上早已暗藏刺客云云，說法毫無證據，但在那個風雨飄搖的時代，這項宣傳卻發生了若干效果，間接促成了不少西北軍舊將投共。

至於香港、台灣的作家，和來台的馮氏舊部雖不相信李德全的宣傳詞，卻對另一套無法印證的說法深信不移，他們認爲馮氏是史達林派遣特務所殺，以報復二十年前，全力支援馮氏建軍，事後反遭拋棄之仇，劉汝明、陳森甫、簡又文、雷嘯岑（馬五）都提到此說，但簡也認爲可能性不高。

無論如何，因此事而獲利的是剛占領大陸的中共，民國三十八年九月，中共在北京（又恢復舊名）舉行馮玉祥追悼會，毛澤東、周恩來等人都曾致意，把他視爲爲共黨而犧牲的「烈士」看待。三十九年，中共決議葬馮於泰山。墓分三層，石階蜿蜒，全以金剛石砌成，墓的正面則鋪以漢白玉，由郭沫若題「馮玉祥先生之墓」，並嵌有馮氏側面胸像一幅，工程在四十二年完成，距馮氏之死已超過五年了，馮在人間的活動也全部結束。

這項安排顯然與所謂的「馮玉祥風格」稍有不同，根據馮自己在民國三十七年二月十日所預立的遺囑，他對身後的安排則是：

我死後，最好焚成灰，扔到太平洋。如果國內和平真的聯合政府成立了

（按：此指中共），那還是埋深六尺，種樹，不把我的肥料白白地完了。將來樹長成，好給學校和圖書館做桌椅用。

後事安排，充滿了民初人士特有的浪漫情懷，可與于右任先生之葬於高山，吳稚暉先生之拋海相互輝映。

【下 篇】

是非爭議

一、生理、性格和心理

生理

馮氏個人體格是很魁梧壯健，比常人高出一半個頭。他頭大而圓，面肥而赤，髮盡薙光，而唇上則有時留些少短鬚——少短至甚不稱身。

這是簡又文對北伐時期馮玉祥外型的描寫，毛以亨則記爲「濃眉大眼，具有粗暴的外型」。民國二十年以後，漸由光頭而平頭，到晚年赴美，則成爲向後梳的西裝頭，殺氣漸消，儼然紳士模樣。

馮以體格強健聞名，一般人都視爲天生，馮卻自傲得自長年的練習，較重要的有摔跤、國術（提倡多年甚力）、舉石鎖、耍大刀，以後又注重單、雙槓，這些運動使他力大身健，但肩膀卻沒訓練到，軍中遇到扛重物仍苦不堪言。馮氏總結爲：

世上哪件事不是慢慢練出來的？下一分工夫，即有一分效果。工夫下得愈深，則效果愈大。

工夫的作用，使他能貫徹自己的意志力，例如在青少年時代當兵與軍隊離散，附近居民常到保定府軍營四周盜取樹木，作爲柴薪，軍官雖下令制止，但形同具文，馮不滿二十歲，卻能手持軍棍執法，鄉民圍毆時，馮單身拒衆，打倒兩人，痛打一頓，餘衆四散，命被捕者繳納罰款得以稍紓困境。再加上性情熱中，在軍中幹活帶頭，不怕吃苦，肺活量大，善喊口令，都成爲他成功的本錢。

但也因此常「以武犯禁」，遇到不平的事，就老拳相向，升副目時，拳打正目；升哨官時，揮刀抵拒隊官；任隊官時，則以軍裝、軍刀丟向管帶，表示辭職抗議。職權再升，其性不改，官拜少將，仍揮拳猛毆慣於侮辱華人的外人雇傭巡捕。乃至後來動用軍隊和北洋、國府「拳腳上分高下」，都是從這條線索發展出來的。

貧苦出身，加上傳奇性地獲得賞識，升任將官（旅長爲少將）後，則自視爲傳統戲曲小說中的歷史人物，如岳飛、關羽、薛仁貴、狄青等人一樣，是天降救世的英雄，他刻意塑造使自己的一舉一動都成爲美談佳話，這種舉動，使他廣得兵士誠心佩服和擁戴，歷久不衰。

西北諸將，受馮氏影響，要求「坐而言起而行」，要在術科體力上勝過士兵，才算以身作則，否則就被視為「吹牛與賣膏藥的」，造成兵為將有，以及軍校畢業生無法在西北軍中立足的原因在此。

同時，過分迷戀體能是馮氏一大錯誤。當年馮與蔣氏通信往來，極為傾倒，及其一見，蔣身材雖然挺拔，但並不壯碩，南軍亦然，使馮產生可「取而代之」的錯誤判斷，但西北諸君雖然較壯碩，卻不能保證在戰場上獲勝。

同樣的事件，發生在馮赴俄求援期間，蘇俄史達林派來的兩名負責協助的「格別烏」（據毛以亨記載）軍官，都故意挑選特別高大壯碩勝過馮氏者，這也是小小的心理補償作用。

馮之病除了一般風寒和感染外，早年冬天鑿冰取水，背他人涉水等事，致雙腳受凍，每年冬天，雙腿隱隱作痛，終生不癒。馮氏罹患高血壓或心臟病甚早，民國十五年馮（四十五歲）赴俄時，曾有頭暈及心臟不適情形，但馮生前絕不承認，馮氏之死，與此有關。五十歲以後髮漸花白，但死前赴美時，則以染髮應付白髮。

性格與心理

范曄在《後漢書》中，闢〈獨行傳〉，歐陽修在《新五代史》中創〈一行傳〉，都是期許在亂世時德行難以周全，只要有一言一行可采，就已經彌足珍貴。而馮氏性格中許多特質，也要對照他周圍巨大的黑暗、頹廢勢力，才能得到應有的定位。我們不必訝異馮氏許多怪誕不近人情的行爲，而該以較同情、諒解的態度，追溯這些性格的背景。

綜觀馮玉祥最突出的性格有：堅強、多變、家長式領導和簡樸幾項，茲分述如下。至於馮氏性格中不屈不撓，數十年奮鬥不懈的精神，上篇討論已多，不必再提。

馮氏對自己要求甚嚴，對外在環境卻多疑善變，我們可以看作是他一生中不斷追尋某些理想的情境，卻又不斷失望的反映。最早的印象中，馮的偶像是清末名賢曾國藩，兼忠君、賢臣、孝子於一身，例如慈禧在義和團八國聯軍時逃往山西，平定後回鑾，馮曾參與「卡倫」（站崗或護衛）灑水、鋪土工作，因而偷窺到太后尊容，以及皇室的各種豪華儀仗，因爲身遭大難不死，難免對太后有些反感。光緒三十一年改投新軍後，又擔任過慈禧的「聯合警衛」勤務，算是見過太后幾次，光緒三十四年，慈禧、光緒先後去世，馮氏一如喪父時，痛哭、不剃髮、留鬚守制。讀《曾國藩家書》，遭新軍中較進步者諷刺，才回想起當年醇親王載灃負責出使向外國謝罪回國，隊伍在車站迎接，隆冬枯坐一夜，好不容易捱到親王的禮車蒞臨，軍樂大作，全軍跪迎，誰知王爺並不出面，卻派了一位太監出來喝罵，軍樂太吵，吵得王爺無法休息。往事歷歷，以前這些事都用忠臣觀念強加遏止，在讀了軍中革命同志給他的《嘉定屠城記》、《揚州十日記》之後，馮氏自述當時的心境是：

> 余之沈溺於舊知識，匪伊朝夕，一旦受大刺激，恍若夢魘驚悸，豁然醒覺，又如身墜萬丈深淵，仰首呼號，聲嘶力竭，忽有人提而置之危峰之上……自是……視滿人如寇仇。（馮自著之自傳）

把舊社會一切罪惡都歸結到滿清身上，當然並不合理，但在當時卻是頗簡潔有力的說法，此後他逐漸成爲「革命排滿」者，這項新的希望支撐著他，希望改變當時一切不合理現象。正如同戀愛時，在幻想中的一切，是最美好的，實際結婚後，則出現種種衝突、不滿。革命也是一樣，灤州起義的烈士被出賣殺害，馮氏革職遞解回籍，但諷刺的是，屠殺烈士的王懷慶，在南北議和後，竟成了民國軍官，依然故我，新的「巨奸大惡」是袁世凱，敗壞政界、軍界無所不爲，但袁敗死後，問題不但沒有解決，反而愈演愈烈，醜惡骯髒，更甚於清末，對民國的幻想，也就如水泡般破滅了。

馮心目中遂漸漸勾起一張新藍圖，就是控有一支強大武力，模仿段祺瑞、曹錕等人，以武力君臨全中國，自己則坐鎮北京，以馮的機智沈穩，竟也扳倒曹、吳，曇花一現地實現「首都政變」，但更諷刺的是，馮氏全軍因權力、財貨到手，迅速腐化，也遭到空前未有的大挫辱。

在這騷擾的十幾年間，孫中山和他的同志們，成爲中國唯一的希望。用馮玉祥自己的話：

> 四萬萬五千萬人民都把眼睛望著中山先生，和他所領導的團體，稍能振作一點的將領，也是存著這樣的心。

以後中山先生雖然去世，但馮卻因此和國民黨諸賢豪日漸接近，最後加入北伐陣容，且因爲遵從孫先生的「聯俄容共」政策，迅速獲得補給，敗而復振，又成爲北方之雄。

故事又重演了，北伐實踐後，因為猜忌和恐懼，演變成諸集團軍自行吞噬的慘劇，馮也失去了他的軍隊，淪為「失意政客」之流，為求生存、自衛而藉故要脅，無所不為。相對的，蔣委員長威權日盛，樹敵也愈多，抗戰末期、接收前後，軍政措施頗失人心，所有歷年來的「失意政客」幾乎有志一同，有意無意協助共黨，打擊國民政府和蔣主席，馮也在此時加入所謂「民主人士」行列，甚至不惜變賣家產，作為活動經費，頗有當年抵押房產，參加討伐「復辟」的豪情，死在歸國途中，謠傳紛紛，使他沈寂已久的生命，再一次喧騰人口。他一生努力追尋，竟不知自己追尋的究竟是什麼，令人惋惜。

以上只是舉其大端，其他日常行事，更常令人有變幻莫測之感。如民國十三年首都政變後，馮、張、段三巨頭天津會議，馮沒有告訴任何幹部，悄悄乘火車去，途中遭另一列車衝撞遇險，幸而馮藏身另一車廂獲免。

再如北伐時徐州會議，極其保密，令祕書長等人乘坐頭等花車，自己藏身鐵皮車內，事先下令車頭向西，人到車站，再以口頭命令，改為東行。晚年赴美，仍然如此，見密西西比河口波浪甚大，不願乘船，忽然詭稱因顧問害怕不去。因某地接待不周，詭稱該地有共黨，臨時取消演講等，閃爍多變。日常行事的多變，或許可解釋爲在那個暗殺、陷害盛行的年代，高度求生本能所留下的烙印。

飽經憂患的人，像動物一樣，對危險充滿了直覺，在許多關鍵時刻，都不是依據理智判斷，而是「跟著感覺走」，往往匪夷所思的因此逃過許多劫難，像上述的天津和徐州之行，後來果然在路上遇險，又如「首都政變」前夕，忽有吳佩孚親信張福來師進駐北京，使馮不敢發動，後來前線緊急，張福來師陸續北調，馮卻已在前一日決議「倒戈」回北京，間不容髮，兩相錯過等，均屬不可思議，使人容易相信「宿命」的說法。在亂世中，人們紛紛追隨非理性的、直覺較強的領袖，所以他能像磁鐵一樣，吸引著不少優秀的幹部，他幾乎每次的「變」都抓對了時機，馮自己也以此沾沾自喜，說他每次「棄暗投明」之後，必然升官。民國十九年以後，蟄伏十六年，到赴美之後，敏銳如馮者，又再一次嗅到「大變動」的訊息，直覺的細胞又活躍起來，死前也曾預言他自己的「死訊」。總之，他是中國急速變動下的產物，一旦社會平靜下來，他只能沈潛、枯萎而已。

馮的政治立場和日常行爲雖然多變，卻同時在他的團體之中，以家長作風力行舊道德。如愛護部屬、養生送死、以「孝」治軍，劉汝明曾爲了出關迎回老父骸骨，私自脫逃，馮先責以軍棍，然後賜旅費三百大洋，並託劉去同僚石友三家中探問，致送二百元慰勞金。充分顯示馮的家長式作風。諸將請假回家，都要先向馮辭行，除了叮囑「早去早回」、「代向你祖父母、父母親問候」等語，並贈以旅費。

前述的善變權謀，加上家長作風，馮體罰軍官也有不少傳奇。犯規輕者罰服勞役，重者不免拳打腳踢，世傳馮要任某人的官，先打一頓，觀察他是否服從再做決定，雖然形容過火，但諸愛將都有捱打經驗。南苑駐軍，嚴格要求裝備、內務，稍有疏忽，定遭棍責，張之江、鹿鍾麟也曾遭軍棍，宋哲元是西北軍第一批五虎將，也因廚房不潔，被責打一頓；韓復榘曾被罰跪。民國十九年韓復榘被打耳光時，已經身爲省主席，以致忿而率軍投中央，成爲馮大敗先聲。馮漸不合時宜的管教方式，早年雖有相當效果，但也造成後來很大的困擾。

除了傳統道德之外，馮另一項著名的特色是「簡樸」，早年艱苦備嘗不談，到赴俄求援，仍嗜食大頭菜、親手烙餅；北伐時吃大鍋飯，有遠客來訪，則招待「點心」青蘿蔔數片；晚年赴美，已經藏鋒十餘年，銳氣盡銷，仍能自炊自食，出入搭乘地鐵，這是馮不可及處，也是他能捱過痛苦、失敗的重要訣竅。

從來官場風氣之壞，在娼、賭、豪奢幾事，馮和他的團體，能夠遠離這些敗德行爲，不但人格、軍風可以保持，所謂「無欲則剛」，也較能堅持立場，特立獨行。但有時也流入偏激，要求過苛，如北伐完成，馮以軍政部長之尊，出入乘大卡車，以愧其他首長；開會時布置幾盒餅乾、水果，也會遭他痛斥，以致處處與人難合；赴俄期間，也諷刺蘇俄紅軍將領美眷手中的鑽戒，認爲俄國是假革命。

簡又文曾批評馮這種心理：

他懷著「我比你較為聖潔」的態度和言行對待異己者……是精神界（宗教的）與道德界的「貴族主義」。

簡樸的美德，原是「去奢去泰」消極防制作用，他卻作爲「積極的競爭目標」，難道非弄得人人鶉衣百結、破碗粗食才算純潔嗎？不免見識過窄，在毫無必要的情況下，得罪了許多人，因此失去了不少助力。

他是以一個窮苦人家男孩的眼光，忌恨著這個他所不瞭解的世界，以後也一直沒有跳脫出來過。雖然因此與世難合，也有很多人認爲他「矯俗干名」，十分做作，但平心而論，總比那些「縉紳之士，安其祿而立其朝，充然無復廉恥之色者」（歐陽修

《五代史．一行傳後敘》），要高明得多了。時代在他身上留下過分鮮明的烙印，使他成爲這樣一個突兀的形狀。

至於馮受人爭議處，另有老長官陸建章、閻相文之死，以及髮妻之死，馮是否涉嫌，究竟全係推想、臆測，不能據以評斷，所以置之不論。

二、輿論界、基督教和外國關係

輿論

輿論有載舟覆舟的功能。馮早年發跡全靠口碑，如經馮照料而病癒的士兵，口述給一般商人、百姓知道等，後來則加上進步的軍官、長官的贊許，都肯定他的作爲，助他更上層樓，到了層次漸高，則倚重大衆傳播的力量，使他行事助益不小。民國四年，調往陝南，陝南鎮守使張鈁自動退讓；又如七年，軍至常德，武昌起義的革命元老胡瑛，聽說他愛護百姓和練兵的事蹟，決心退讓，並和平相處；後來十二年，與黃郛相交，也是彼此先看過對方的報導，互相賞識所致，大抵當時被視爲「模範軍人」，如今則可稱爲「模範軍閥」。「首都政變」後，漸至毀譽參半，再退張家口，仍獲得相當讚譽。例如十四年九月二十六日《大公報》社長胡霖（政之）訪張垣後，發表〈張垣之遊〉、〈張家口之一日〉等幾篇專稿，對馮讚譽有加。曾舉駐軍雖多，未有遊手閒逛兵士，兵士對百姓態度和藹，沒有獷悍凶戾的行爲。街上又有各式格言、標語，胡君尤其對馮所推動的育嬰、養老、戒煙、放tó、整理風景區等工作，頗爲贊許，並推崇其志不小，前途未可限量云云。

所以民國十四年以後，雖然馮的舉止引人爭議漸多，但舉目全國，能令人寄以厚望的軍政領袖，寥若晨星，所以輿論界對馮仍本「隱惡揚善」原則，推崇有加。一直到北伐成功後，與中央交惡，多次與蔣反目相向，從此被輿論封殺，但私下仍有人表示佩服馮的事功、能力。十八年，馮遭閻留置山西，由晉祠遷往僻遠的河邊村，擔心局勢隨時有變，馮命簡又文約集外籍記者數人，同往山西河邊村採訪馮之生活起居，並公布閻、馮合作密約，各記者都將此事寫成專訪，在北平、天津及國外報章上發表，一時閻「投鼠忌器」，不敢對馮下手，此馮利用輿論界保命之一例也。

九一八以後，馮氏極力鼓吹抗戰，因而聲譽復起，竟獲得數十個民間抗日團體之支持，加上馮在上海等地的演講，獲得一筆捐款，而在察哈爾稍展身手，事雖不成，後來總算拿到了戰區總司令、軍事委員會副委員長等職，也是拜輿論之力所賜。

後來因馮言論左傾，批評時政，同情中共，主張聯絡蘇俄，所以被視爲「共黨的同路人」、「共產黨的尾巴」，雖然馮的演講極具親和力和說服力，每次講演總是座無虛席，但利用廣播從事宣傳，則受到若干限制。尤其是批評何應欽兼任軍政部長和參謀總長兩職，不合體制，弊病最多，而遭全面封鎖。並以馮六十大壽，《新華日報》上朱、毛等人曾爲文推崇爲由，禁止馮閱讀軍事文件，停止馮廣播講演等，幾乎被逼至絕路，幸獲另一位較開明的將領張治中緩頰，才告脫困，以後馮想掙脫輿論的封鎖，努力開設出版社及印刷所，雖然時斷時續印了一些文獻、書籍，但收效極其有限。

赴美後管制較疏，馮在華僑之間，大談「反蔣」，印刷刊物、街頭演講，極爲出力，中共在香港的地下報紙《華商日報》，成了馮固定的供稿對象，後來《華商日報》財務困難，馮以五百鎊助之。據簡又文的說法，這是馮實踐他當年在戰場上的祕訣，「槍頭打破了，用口咬」，無力用兵動武，只得以最後的武器——「用口咬」，以筆墨、口舌進行批評政府、要求改革的鬥爭。

綜觀馮氏一生，早年受輿論界愛戴，漸成局面，隨著時局的推移，馮也愈感覺輿論的重要，但北伐後受厄頗久，逐漸積聚不滿，到赴美後，全力抨擊政府及蔣的錯誤，在當時是善於利用輿論的名嘴之一，尤其是面對面的傳播——演講，更是馮生平拿手絕技，忽而聲色俱厲，忽而模仿煙花女子媚態，趣味十足，故而場場爆滿，魅力歷久不衰，吸引群眾，也是他重要的才能之一。

基督教

從馮氏信教過程，可看出他「反省」的歷程。他幼年時曾經歷義和團之亂、八國聯軍之役，並曾跟著大家起鬨，趁亂槍擊保定府北門福音堂的門匾，他也曾在保定府教堂中，看見外國人在那兒傳教，就和一般兵士走上去搶走他們的桌子，教士問他們爲什麼這樣做，馮卻弔詭地回答：「你剛才不是說有人打你的右臉，要把左臉給他打，有人拿走你的外套，就送上你的內衣嗎？」教士沒理會這些，堅持要回了他們的桌子。這時馮和弟兄們有時會去教堂，但目的則在騷擾傳道。

拳亂時，他也反省到那些「扶清滅洋」的義和團的種種荒謬暴行，保定的東流大寨口天主堂因有武裝，未被攻占。南關、北關教堂卻因騎兵營長王占魁的鼓勵而攻破，女教士莫姑娘（Miss Mary Morill）被捕，她懇求暴徒：

你們為什麼要殺害我們呢？我們豈不是朋友嗎？我也曾探視你們家裡，看護你們的病人……

所請不准，莫姑娘又懇求只殺她一人，而放過其他外國人，也不答應，於是所有被俘外人，被押到衙前斬首，馮氏目睹大受震撼，知道基督教中有巨大的爲善力量。

數年之後，馮曾患皮膚病找中醫碰壁時，改求教會醫生，獲崇文門中外醫生三人免費診治，這些舉動激起了馮的感恩與好奇心。革命狂潮中，馮和其他同志曾利用教堂、教會做活動的掩護，同時也對教堂主張的禁鴉片、不吸煙、不纏足、提倡教育等頗爲贊同。東北新民府駐軍期間，又聽到傳道士以中國《大學》的題目「在新民」講道，大有好感，漸能接受。

灤州起義失敗後，馮被遞解回籍，重返莫姑娘殉道處，事隔十餘年，馮感受更深。民國二年，馮回到北京，獲掌兵權，重任營長後，到崇文門教堂，聽美國青年會穆德博士（John R. Mott）講道，閒暇也到平則門舊火藥庫附近教堂聽講，加入「查經班」，後來在美以美會（Methodist），由劉芳牧師主持受洗，正式成爲基督徒。

美以美會，也稱「衛理公會派」，是根源於一七二九年英國教士約翰．衛斯理（一七〇三至一七九一年）在牛津發起的「美以美運動」（Methodist Movement），原意爲「戒律」，信徒自視爲世界公民，嚴守戒律，教導貧民保有高尚理想、自尊、自重。他們在英國受英國國教（聖公會）的排斥，衛斯理率眾遷往北美，後來成爲美國重要的教派，由於重視傳教，清末民初來華傳教的人非常多，也很有收穫。

馮玉祥加入基督教，對整個西北軍影響甚大，有人申論馮對基督教的「作爲」，遠比「思想」有興趣，他致力於演講、文字宣傳、組織動員，創造忠誠的團體，以及許多儀式化的行爲，都盡力模仿基督教，使軍中整齊劃一，充滿朝氣。

馮在軍中推行基督教數年，幹部幾乎八、九成受洗，兵士也有半數以上是教徒。教會熱心協助馮軍舉辦各項體育活動，並提供器材、教練等，成爲西北軍體育風氣盛行的原因之一。提供軍醫、藥品和衛生常識，也使馮軍的保健工作冠於各軍，據說兵士得「花柳病」比率全國最低。

常德駐軍期間，馮對基督教最爲熱心，除了星期天的牧師布道外，查經、祈禱、歌頌、講道、主日崇拜等無不具備。後來又發生一件感人事蹟，促馮設立「軍人青年會」，會所爲五幢木造小屋，可隨軍移動。此會所是紀念隨軍服務的美籍教士羅感恩醫師，陸建章死後，陸夫人的親戚劉某，同時也是馮夫人的族叔，不遠千里，投奔馮氏，到達馮軍時已病甚，由羅大夫診治，馮也親來探視，劉某激昂，要脅馮出兵復仇，並以手槍挾持，羅醫師努力勸慰，竟遭槍殺，馮也傷及肩膀。

羅氏既死，馮以一萬元贈羅妻、羅子，均遭退還，馮感觸極深，轉以此款建「青年會」館，歷陝西、河南、南苑等地，功效卓著，後毀於南口兵敗時。馮玉祥「基督將軍」之名號，也在此時確立。駐軍南苑，更在教友的介紹下，與三代教徒的李德全女士成婚，終其一生，大致與基督教保持來往，抗戰期間的捐款救國運動，也開始於「全國基督教聯誼會」，馮是當時基督徒中，身分地位最高的人之一，被推為會長，後來更以這個基礎，成立「全國基督徒節約獻金總會」，後來擴大成全國捐獻活動。赴美後，每逢星期天，仍前往教堂做禮拜，可見馮和基督教的關係既深且久。

在另一個角度來看，對於利用「治外法權」，在中國包庇奸民的教會和神職人員，馮也不假辭色，大力抨擊，較早的記載：在常德時期，義大利神父包庇罪犯，馮大怒，手持「鎮守使」印信欲交給神父，其餘百姓群情激動，包圍教堂，逼出罪犯。馮自己的說法，中國人信基督教有三種人，其一是謀生活、混飯吃，叫「吃教派」；其二是倚仗教會力量，違法亂紀，作為靠山，叫「恃教派」；第三種則選擇基督教中，可以協助中國人改良的部分，叫「用教派」。馮並常以第三種教徒自居，對第二種人則不假辭色，五卅慘案後，馮一度與教會斷絕往來，到抗戰時才恢復基督徒生活。綜合而言，基督教對馮的事業貢獻良多。

關於馮信仰方面，記述較詳盡的是，民國十五年，陳崇桂牧師在上海發表的馮氏英文傳記。

外國關係（日、俄、美、英）

馮從軍後遇到的第一個戰爭，就是中日甲午戰爭，隨著父親上大沽口做炮台工事，所以他對日本人的印象始終以恨爲主。

光緒三十三年赴東北，則因同行的新軍傳奇英雄吳祿貞在延吉府一帶，漂亮反擊日人的侵略（即日人所稱「間島」問題，新軍開赴東北，原意也在防範日人侵略），馮頗受吳的間接影響，傾向革命。

民國七、八年間，馮坐鎮湘西常德，才正式和日人交涉，事雖細微，但頗能代表馮的態度，常德是長江支流的水陸碼頭，住有日本僑民若干，除了安分良民外，也有些倚仗日本勢力、胡作非爲的浪人。計有不服檢查與守城兵士爭鬥的水兵、爲督軍做奸細的浪人、販賣煙土的小販等，均遭馮部斥責管束，從此日人在常德不敢橫行。八年五月四日，學生運動爆發，常德也響應遊行，以示支援，並搗毀日貨，日商不甘受損，請馮保證他們的安全，馮則在每家日人洋行前，派兩名兵士站崗，弄得日人生意全無，苦不堪言，最後簽字，同意以後出事自行負責，並不索討以往被砸貨品，事雖不大，卻頗能振奮人心。

當時的軍事強人段祺瑞，是有名的親日派，利用日本借款，擴充自己的軍隊，武力宰割全國，馮加入曹錕、吳佩孚陣容，促成段氏失敗，則是一大快事，但以後張作霖勢大，更受日人挾制，馮玉祥聯絡張作霖、段祺瑞等人倒直（曹錕、吳佩孚），日人松室孝良少佐，曾任直奉戰爭期間山海關附近的軍事觀察員，他事後誇稱馮軍「首都政變」舉動是日方情報人員一手幕後導演的，證據有三：

㈠民國十三年九月二十一日，日本各新聞媒體發布馮軍將班師消息。

㈡二十二日，日本駐北京使館武官林彌三吉大佐，電召松室孝良少佐告知倒直事，命他隨馮軍回京。

㈢二十三日，馮軍占領北京，但人群中有一日本記者，誇稱他在兩天前已經預知班師事。

精研馮玉祥史事的美國學者薛立敦氏（J. E. Sheridan），綴連其他相關可疑之處，並親訪松室，寫成推斷性的「首都政變」祕辛，並懷疑馮可能眞受日人操縱、賄買，這可能是史學家誤信「第一手史料」所造成的「盲點」，我們以平常心來觀察前面三項「預知」的現象，可以解釋爲十九日夜馮召開幹部會議，決議班師，同時也事先告知聯絡過的張作霖，張作霖可能擔心馮說了不做，隨手將消息交日人發表，時間爲二十日，故二十一日本消息見報，這是中國人所說的「放訂」，使馮不能反悔抵賴。民初軍閥常以「喧騰國際」手法，進而「造成事實」，馮自己也用過多次。消息放出後，至少對吳佩孚軍心頗有影響，如果馮不發動，事後也會遭吳處置、報復，所以二十二日林彌三吉武官、二十三日某日本記者可以預知班師事。

至於「賄買」一事，馮可能經由張作霖或段祺瑞，甚至青年會幹事格里，獲得少許「資助」，但數量不會太大。

上述推論，雖不如薛著有幾條「證據」，但顯較合情合理，考察馮前後反日言行，以及日方，甚至馮前後政敵，都沒有足可呼應薛氏論點的地方，所謂「導演」、「操縱」未免言過其實，充其量只是旁聽到一些消息而已。駐外情治人員，常誇稱自己工作的影響力，所以松室此言，可從這種觀點上去看，方能得其實情。松室在政變後，曾介紹日本大資本家想要貸款給馮，談判未成而作罷。

退一步說，如果馮眞得日本政府的大力援助，馮事後不必汲汲於爭取俄援，並對張作霖一讓再讓，乃至地盤全失，仍不敢對抗。馮在「首都政變」前後，與日本關係淡薄，大致可以斷言。

北伐完成前的「濟南慘案」，馮玉祥痛心疾首，並對蔣總司令和黃郛主張用「外交解決」相當不滿，日後更形諸筆墨，成爲蔣、馮交惡原因之一。此後日人一再逼凌，中國人對日本已是忍無可忍。以後「九一八」事起，馮大肆鼓吹抗日，獲得輿論界贊許，終其一生，他的態度並未改變。從甲午到抗戰，他貫穿了五十多年「抗日」的情緒。

至於對俄方面，上篇談論已多，不再複述，前往俄國是馮第一次出國，緊張中不免有些失措，求援任務重大，心理壓力更不言可喻。但是在共產制度勃興的蘇俄，馮玉祥的平民出身和簡樸生活，可能幫了他大忙，投了列寧死後、初掌大權的史達林胃口，馮住不慣高級旅館、看不慣官員們應酬、凡事勤勞、善於演說等，這些生活細節，都會經由「格別烏」軍官，一一傳送到史達林耳中，馮在俄困居數月，情況漸有改變，並且以將來可配合俄軍夾擊日本在東北的關東軍爲由，說服史達林，終獲大量軍援，造成傳奇性的大逆轉。

北伐開展後，由於共黨過於活躍，企圖篡奪國民黨，以及階段鬥爭引起社會不安，蔣總司令轉而傾向美、英、日等國，與俄人交惡，捕殺共產黨人，並驅逐俄首席顧問鮑羅廷，馮也驅逐俄籍顧問烏斯曼諾夫等人，以示響應。鮑素以權謀心計著名，此時也很有風度，路過馮的指揮部鄭州，馮以禮相待，鮑不但不責以前事，反而突然建議馮軍急攻武漢，至少可保馮軍在中國第二的地位，勢力也可保持長久些，馮格於合作局面，當然沒有理由突然反身攻擊「同志」，但對鮑的建議也至表驚訝，連呼：「老鮑真凶啊！真凶啊！」話間夾有佩服之意。

仍以紅紗一匹，顧問聘書一紙，軍樂隊相送，送走鮑氏一行，又怕其他勢力在馮地盤內，沿途行刺鮑氏，嫁禍馮氏，更進一步激怒蘇聯，所以派員保護，直到鮑出境為止，結束了聯俄容共的一幕。

九一八以後，中俄因為共同抗日的利害關係，漸有復交跡象，盛世才在新疆得勢，並首先局部與俄人友善，馮在泰山隱居，因韓復榘態度不明朗，所以疑懼頗深，盛派人捎來信函，對馮極推崇，並邀前往新疆。

這是因為盛的太太是奉軍將領郭松齡的義女，盛氏跟著太太的關係，也稱郭氏夫妻為義父母，並由郭介紹盛入日本陸軍大學，求學期間，郭起事敗死，馮則繼續接濟盛學費，直到畢業為止，馮接到此信，一度考慮赴新疆，因路遠道阻而作罷。

民國二十五年，蔣委員長西安蒙難後，馮贊成中共所提辦法，中俄共同抗日，馮多次與蘇聯駐華大使鮑格莫洛夫密談，促成此事，到「七七事變」以後，中俄雙方在二十六年八月二十一日簽訂「中蘇互不侵犯條約」，並根據此新約，蘇俄在抗戰初期，提供中國若干貸款及武器援助，三十年，蘇俄和日本簽訂「互不侵犯條約」後，已成抗日陣營的逃兵，中俄關係也隨之惡化。

另一方面，馮和蘇聯的關係卻逐漸友好，包括請蘇聯教官講解各兵種戰術，參加紀念俄國文學家高爾基的紀念活動等，當然頗遭猜忌。

中俄另一個心結是新疆，自從盛世才得志於新疆後，一度和蘇俄關係密切，中國方面一直擔心新疆會繼外蒙之後脫離中央，但民國三十一年，戲劇化的轉變，盛世才轉向中央，使俄人大為不悅。中俄關係既變，馮仍高唱親俄，使他的言行更受限制，和當局關係惡化。抗戰結束後，馮返國滯美都發生困難，受蘇聯駐美大使（原駐華大使）潘又新之助，才搭船繞道返國，對船上兩百名共黨青年的整潔、紀律頗為贊許，郵寄資料，也由莫斯科蘇聯外交部代轉，馮與俄人關係始終未到破裂階段，也使史達林派人行刺一說，變得不可信。

馮玉祥最早受到英國人的注意，是在他擔任陝西督軍時，容許學生從事「反帝國主義」宣傳，此外英、美兩外人在太白山遊獵，剝得野牛皮兩張，事經馮知道，嚴加質問，事後北京政府才頒定外人遊獵執照規定，英人可能是即已卸任的使館武官裴瑞樂將軍（G. Pereia），事後將此事誇大，視為馮對外國不友善的徵兆，並指出馮的「基督教青年會」是反帝國主義運動的中心，因查無此事而告寢。

此後，英國駐華使節歐士敦（Sir Bernard Alston）、柯萊佛（R. H. Clive）等人，都曾對馮盛讚有加，「中國的克倫．威爾」〔按：克倫．威爾（Cromwell, 1599–1658），英國清教徒領袖，曾武力統一全英，建立共和，曾擔任政教合一的「護國主」多年，克氏死後，英國皇室才復辟〕之名由此而來，一度對他抱以厚望。

後因馮接近俄人，崇奉中山先生，使英人對他觀感大壞，退兵五原，境況甚慘。馮在此之前，支持另一個墾殖者王英，可能以武力劫奪了原屬英人的兩萬七千頭羊，現在則取來「羊肉為軍糧、羊皮做軍衣，無論官兵，一律穿此帶血的皮統，官兵所以不致凍餓而死者，幸有賴於此」。

此事似始於民國十三年，馮任「西北邊防督辦」時，英人的和記洋行成為塞外唯一大墾殖公司，在大同存有八萬元的雞蛋；在天津設立公司，分銷畜產；又以華人為「人頭」在察綏買地，投資數十萬元牧羊，事遭馮查出，似派王英扣留款項、羊群後，並交由王英管理。數年後再將羊群取出，救了急難。和記公司經此打擊而告破產，卻因英人在華力量已日薄西山而無可如何。馮軍出關，又遇郵政接收問題，我國郵政肇始於英人赫德，各地郵政主管多用英人，馮也陸續收回占領區的郵權。

馮和美國人接觸，早期只限於傳教士，這些教士也周旋在軍閥、政府官員之間，負責牽線工作。後來馮聲望漸高，也有美國官員出現，馮任陝西督軍時，史迪威任北京使館武官，曾參與修築山西到陝西公路，得見馮氏及馮軍，對馮軍體格壯健、操練勤勉，裝備保養良好，幹部訓練等均有良好報告，並結論在各地方軍閥中，「只有馮氏一人表現出建立秩序與廉潔政府」的能力，也促成二人在抗戰期間再度交往。

北伐之後，馮玉祥因故在山西遭閻軟禁，另有美國使館武官丹尼少校（Denny）陪同諸英、美記者前去採訪，使閻馮合作祕辛喧騰於世，促成逼閻反抗中央的行動。

抗戰中期以後，美援和對美關係日漸重要，隨中美軍事同盟而重來的史迪威將軍，已成為政壇要角。史以手握軍援支配權，動輒向蔣委員長提出種種改革要求，促成兩人合作不愉快，但對長期以來，飽受冷落的失意政客（他們則自稱民主人士）而言，無疑找到了一個可倚賴的力量，史迪威後來雖由羅斯福總統召回，但他回美後，不斷批評蔣委員長和國民政府，使美國人對重慶方面惡感漸生，加上史迪威與馬歇爾、國防部長史汀生等人交誼匪淺，所以這一派的主張仍受重視，左右美國對華政策。

加上早年若干美國駐華記者，如今都逐漸成爲影響美國對華政策的外交人員，包括謝偉志（John Sewice），後證實爲共產黨員；戴維思（John Davies），美使館祕書；以及美國務院諮議拉鐵摩爾（Lattimore）等人，長久以來，不斷撰文抨擊之下，漸形成「中共不是俄共的附庸勢力。中共是抗日最力的民族主義者，也是厲行土地改革最有熱誠與前途的社會主義工作者」等印象，他們抨擊美國國務院援華政策，造成了美國以停止對國民政府美援爲武器，逼迫國民政府「停止內戰」，組織一個容納中共的聯合政府，才是實現「既民主又統一的中國」的唯一辦法。

麥克阿瑟曾批評這種外交政策，是在救火時，卻要求對方提出新設計藍圖，此局面造成國府困境，動輒得咎。馮爲擴大這些論點，而有馮最後的行程。赴美以後，馮對美國的種族歧視，包括盤查中國旅客十分嚴苛，歧視紅人（印地安）、黑人等舉動，大表不滿；對貧富不均，文明大都市的病態，批評甚力，更逐漸受左派人士影響，傾向共黨。蔣主席遂與美方協議，取消馮的護照及在美居留權，迫馮因移民局的斥責查問，在美安身不得，結束了在美居留。

三、與北洋政府的是非

派系之爭

袁世凱在世時，北洋是一個完整的政治團體，所謂北洋三傑：王士珍、段祺瑞、馮國璋雖私下較勁，但問題不致表面化。三人之中，王士珍並無直屬部隊，遂演變成馮、段之爭，也是後來直、皖兩派糾纏死鬥的源頭。

馮玉祥投身北洋，和馮國璋、段祺瑞都沒有直接淵源，依靠較不得勢的陸建章，陸本身部隊不強，唯一練兵有成的馮玉祥羽翼稍豐後，就深覺孤立無援。

馮玉祥先倚馮國璋，究竟他自幼生長在直隸保定府，和直系淵源要深些，但馮國璋不久病死，直系長江三督或死或廢，馮玉祥遂無立錐之地。歷經艱險，改倚直系後起之秀吳佩孚，在二次革命時，馮與吳地位同為旅長，但幾年以後，吳已成全國矚目的明星級將領，馮的選擇事後證明並不差，隨著吳佩孚的一再得勝，馮也水漲船高，由鎮守使而督軍，漸成氣候。

所以當馮轉而南聯中山先生、北聯張作霖，又在直奉二次大戰緊要關頭，扯吳佩孚的後腿，甚至請出已戰敗失勢的段祺瑞，實行馮自稱的「首都革命」（實則爲政變）時，頗爲北洋軍界所不齒，認爲馮極沒原則。

但是馮本身卻不承認自己是直系的一分子，他有著較超然的想法，認爲自己是「國系」，爲國爲民而已，所以部隊稱「國民軍」，以示另樹一幟。這些安排，使他能在北洋政府沒落時，跨進「北伐」的行列，成爲「國民革命軍」的要角，這是馮過人之處。

戰和之爭

馮玉祥在中、晚年所整理的自傳式作品中，把自己描述成一個自始至終反對內戰的人物，這是因爲中國自民國以來，知識分子和輿論界一直以反戰爲主要訴求，抗戰期間，更是共產黨人「圖存」的重要言論，所以馮也順應潮流，常常高唱反內戰主張。

馮所自舉的例子中，包括：民國四年，反對袁世凱併吞護國軍；六年、七年反對段祺瑞藉參戰擴充兵力，也反對攻擊湖南，後來響應吳佩孚撤兵和「首都政變」，都以反內戰爲詞頗獲好評，也每每教馮飽嘗苦頭。

但從另一個角度觀察，馮在該表現戰鬥力時刻，也絕不吝於賣力，仍以前面幾例而言：在民國四年，反對袁稱帝之前，馮先攻下四川敘州府，展示實力；六年，雖反對段武力統一在先，卻對參加討伐「復辟」極爲努力，雖在「武穴」停兵主和，事後卻南下湖南，占有常德。以後助閻相文攻陝也很積極，尤其是十一年，第一次直奉之戰協助吳佩孚打張作霖，其興高采烈狀，絕不像一個向來「反對內戰」的人所爲。

大抵而言，在馮的心目中，主和、反對內戰固然是博取輿論、民心支持的權宜手段；但適時加入勝算較大的一方，在戰鬥中表現能力，擴充戰力，要求番號、補給，卻是在實際生存之戰中，更重要的大事。明白這個道理，才能解釋馮和其他軍閥，忽而主和，忽而參戰，在戰和之間反反覆覆多變的身段。

北伐之後仍然不改，每次諸軍集結反抗中央，所談的或爭地盤、或爭待遇，等到戰事不利，口氣一變而爲體恤百姓疾苦，反對內戰。實力全消後，馮才成爲徹頭徹尾的「反內戰者」，因爲他已經失去了呼風喚雨發動內戰的能力，和其他人一樣，成爲內戰的受害者，我們倒不妨相信，民國十九年以後，馮所談的反內戰，是發自肺腑之言。

忠貞與倒戈

軍閥的行為，有點類似古代的封建制度，第一個要求效忠的對象是直屬長官，其次則為自己所屬的派系。除了這兩個效忠的對象以外，對政府、國家、百姓則感覺遙遠，只可作為口號、文宣上談談而已，為了前兩者的利益，犧牲後三者的利益，例子不勝枚舉。

根據馮的出身，他應該首先效忠陸建章，但一則是馮的性格桀驁不馴，二則是陸並不善於照顧部屬。竟在民國四年馮不執行陸併呑陝南鎮守使的命令，轉而接受北京中央的命令開赴四川時，一度斷然停了馮的餉械，不久馮就報以坐視陸遭陳樹藩擊敗而不救，陸失敗回京再宣揚馮不受節制，兩人情誼已經愈用愈薄。七年，停兵武穴，陸再奉命前來做說客，馮則虛與委蛇，回京後陸竟遭徐樹錚撲殺，馮從此沒有老長官的包袱。雖然另有北洋前輩陳宧、張紹曾等，在清末時曾任馮的師長（統制），畢竟仍隔了一層，沒有朝夕相處、利害與共的關係，關聯較淺。清末與馮朝夕相處大力提拔的長官，還有王化東協統，為人端正，能力出眾，惜被清末權貴排擠去職，這也是造成馮傾向革命的原因之一，民國以後王化東已無影響力，可置而不論。

長官之外，再論派系，馮即使投身直系，也頗以受到旁枝末節待遇爲憾，一遇事端，先被鏟除，遇有戰事，則被派先發，對派系的感情當然淡薄。長官、派系兩條維繫的基本線索既斷，要求他憑空去效忠北京政府，當然立場較弱。

所以表現在行事上，則是擁立曹錕，又拘禁曹錕；擁立段祺瑞，則不和「攝政內閣」商議，更未經過正當程序，隨一己的判斷而擁立後，不到一年半，又由鹿鍾麟率軍圍執政府，驅走段祺瑞，其蔑視政府，言行醜惡，無以復加。但世人對此批評並不多，反而切責於「倒戈」首都政變之舉，可見世人所重視的忠貞與倒戈，是指馮背叛及推倒直系，由軍閥的觀點看來，後者「背叛派系」之罪，比前者「凌辱政府」要重得多，由此可以觀察民初軍政運用的訣竅所在。

至於清廷，雖然在馮青少年時一度向它效忠，但矢志革命後，就視同寇仇。民國六年，討伐「復辟」之役，馮已主張廢除優待條款，將廢帝驅出宮禁，因段祺瑞不贊成而作罷。十三年，馮得志於北京，終於將溥儀驅逐。以長遠的眼光而言，此事對民國有利無弊，不過執行時較爲激切，又命鹿鍾麟率人對付一個並無武裝的殘餘朝廷，以軍事接管骨董、文物，不免遭人議論，盜寶之說歷久不衰，雖然以後證明馮並未染指寶物，但鹿鍾麟卻因此暴得巨富，喧騰人口，總是一項憾事。另一位盟軍樊鍾秀出身匪徒，盜掘慈禧陵墓，飽掠而去，獲得「盜墓賊」的外號，更是不堪。

當時雖是民國，但民國以來兵戎不斷，反而令許多人懷念清朝的「好日子」，尤其是清末已擔任重要職務的人，更有「故國之思」，聽到馮驅溥儀，無不大罵，段祺瑞更因此踢翻痰盂，這是馮「忠」於民國和北京「遺老」們心懷故主的又一思想衝突，難怪雙方格格不入，終和整個北洋決裂。

模範軍閥

薛立敦曾言，把馮玉祥和當時一般軍閥並列，似乎頗有改革家的樣式，但若眞將他放在改革的標準去評斷時，仍是一個不折不扣的軍閥。馮玉祥在軍閥時代的評價，可和閻錫山、陳炯明、吳佩孚等人相提並論。

馮早期頗以吳爲模範，努力模仿吳的言行，且互以模範軍人自許，後來發現吳壓抑、排擠，漸生異心。在馮河南督軍任內，兩人若干摩擦，頗能表現這些模範「軍閥」們的施政水準。某次，馮玉祥爲提倡節約，禁止全省民眾穿著絲綢，一時絲綢業者大起恐慌，轉向「直、魯、豫巡閱副使」吳，也是河南的太上督軍訴苦、疏通，吳聞之震怒，命馮立即取消此項規定，馮雖不快，只得收回成命。

這些「模範軍閥」當時和事後頗受一些好評，主要是在大亂之餘，負責人本身廉潔自持，軍紀較佳，並且能較有效維持治安而言，對馮氏若干「新政」、「建設」則印象模糊。

但這只是比較而言，仍以河南為例，當時盜賊蜂起，大者盤據縣城，小者占領山區，不下數十處。馮玉祥上任後，不過能保持各地縣城和主要交通線而已，至於山區匪徒，非有長時間圍剿，不能消滅，但這已經較前任大為改善云云。

在幾位模範軍閥之中，馮玉祥和吳佩孚地盤觀念較淡薄，所以他一棄湘西、再棄陝西、三棄河南，弄得無地存身，僅得一「陸軍檢閱使」空銜。北京政變後，又棄北京錦城池，而就西北荒僻地，行為雖然難解，但對於防止部屬墮落腐化，卻發生了很大的效果，由於他在各地任期都不長久，所以雖有一些建設和新政，也都曇花一現，旋起旋滅。

民國十九年和閻錫山合作，看到閻從元年就踞有山西，全省建設已有相當水準，鐵、公路、人民生活等，均較戰亂各省高出甚多，令馮十分感慨，稱兵多年，雖號稱「救國救民」，但破壞多而建設少，只比殘民以逞者稍好一籌而已。馮氏有此體認，軍閥的生涯也日薄西山了。

四、與國共兩黨的是非

與中山先生的關係

馮玉祥雖然曾企圖參加辛亥革命時的灤州起義，也曾看過一些由同盟會所印行宣傳反滿的文獻，但對中山先生依然印象模糊。

後來由於治軍嚴整，漸受各方面重視，隨著北軍南下湖南，則和南方勢力接觸，老革命黨人胡瑛、譚延闓先生等，都和馮往來。說起譚先生，也是革命陣容中的奇人，他是清兩廣總督的三公子，中過進士，入過翰林院，舊學問扎實。辛亥革命後不久，他就擔任湖南督軍兼省長，成爲廣東革命力量的北方柱石，與北軍互有勝負，支撐十餘年，終於達成掩護革命力量成長、茁壯的任務。生平對中山先生極忠順，馭下寬厚，喜名菜、健馬，詩文書法俱精。譚曾派人勸馮加入革命陣容，馮雖沒有答應，但駐湘期間，讀了孫先生著作，且有函件往來，漸有傾慕之意。中山先生以基督徒入手，派黨中基督徒爲對馮往來信使，感情益密。中山先生並預言「北方革命事業非馮莫屬」，這本是孫先生鼓舞同志士氣常說的話，沒想到若干年以後竟成事實。

退出湖南後，馮軍生活一度又陷入困境，此時中山先生出任非常大總統，馮曾派任右民南下晉謁孫先生，獲得接見，並指示可以陝西爲根據地，因爲當時陝西民軍起義，奉于右任先生爲總司令，擁兵數萬，與北京北洋政府抗爭數年，東鄰閻錫山是同盟會舊人，對革命採友善態度，兩省若能連結一氣，可成爲北方基地，這項預估與民國十五年北伐情形，竟完全符合。

孫先生的智慧過人，對大局研判，洞如觀火，有如諸葛亮的「隆中對」。但馮此時對這些卻茫然無知，後來他輕棄陝西、入豫、入京，一退南口、再退五原，精銳喪盡，繞了一大圈，再興師由陝西參加北伐，實力已大打折扣。

民國十二年，馮駐軍南苑，鬱鬱不得志時，中山先生特命孔祥熙攜帶中山先生手稿《建國大綱》，請馮指教。馮對中山先生的主張，漸有具體認識。

民國十三年馮在北京曇花一現的改革，倒也有一些長遠的影響，較重要的包括迎中山先生北上。當時歡迎孫先生北上的先後有張作霖、馮玉祥等人，段祺瑞也曾在失勢後，和孫先生有信往來，表示好感，但一談到邀請中山先生北上，北方諸強人無不面面相覷，互相推諉。

在革命陣容中，反對孫北上的聲浪也很大，但中山先生的回答，表現了真正的遠見，他說：「你們以大元帥視我，此行誠然危險；以一個革命領袖而言，此行並無危險可言。」果然，當孫先生真的啓程北上時，北方群雄自行慌亂起來，張作霖固然矢口否認，他曾和孫先生同盟（一、二次直奉戰爭），更避不見面。段祺瑞也找出種種理由搪塞不見，就連比較心向革命的馮玉祥，也只派了妻子李德全，隨著汪精衛的夫人陳璧君去晉見。

孫先生仍很積極，贈李德全六千冊《三民主義》，一千冊《建國大綱》、《建國方略》，馮得書後分發部隊使用，並自行解說主義。但馮對正式入黨，仍抱著排斥態度，馮曾對于右任先生說：

> 中山先生的革命事業，我是竭誠敬佩的，中山先生的政治主張，我也是擁護的，但是國家政治，總是選賢與能的好，若一定要結黨成派，在我看來，總不免有私而不公的弊病，我現在還不能贊同。

可見他對「革命」的認識程度，仍然有限。

中山先生病在天津，死在北京，他的人格風範，大大感動了北京熱血青年，這些人成爲後來在北方的革命基礎。

中山先生既死，馮也大敗退出，直到五原誓師。如今傳世的誓詞，並沒有什麼礙眼處，這可能是馮集結出版時，有所刪訂所致，傳說原有「中山主義，驅我而歸」，或「（馮）與中山並世而生，聞主義之旨獨晚」等語，這些用詞稍嫌倨傲，仍有「不臣」之心。但如果中山先生仍然健在，對這些事也不會介意。但繼承孫先生遺志，而繼續領導中國革命的領袖們，再也沒有這樣的氣度和胸襟，累積瑣屑小事，醞釀發酵，竟變成巨災。

民國十四年，中山先生手稿《建國大綱》，在馮處已放置年餘，黨中同志恐怕馮不知愛惜，仍請孔祥熙出面索回，交孫夫人宋慶齡保存。孔並請馮留一小跋，但馮並不知這是殊榮，對這些「文人雅事」並不重視，一再擱置，十年以後，馮已失去軍權，滯留南京任「副委員長」職，才應孫科的請求，留下一篇小跋，總算在國民黨黨義中，留下了一點鴻爪。

人們常以大人物的言行，爲自己的言行做辯解，馮玉祥對中山先生也有類似的情結。他說：

有人罵孫中山先生，就算孫中山是有點革命癖，無論走到什麼地方，就是要革命，若是他的兒子孫科當了大總統，他也要革命的。

在他人以為這是罵孫先生，其實孫先生的偉大，正是在此。一個革命者，只要看見統治者做得不對，就得革命，無論親人也好，長官也好……這些個人私情，一概都顧不得。

兩人的「革命」水準，誠然有很大的差別，但在不和統治者妥協這一點，馮似乎在中山先生身上找到了自己言行的依據。

國民黨其他要人

自從蔣總司令崛起後，一批批昔日的黨內重要幹部，逐漸失勢，上焉者潔然高蹈，不再過問世事；下焉者不斷尋求可以結合的力量，企圖東山再起，取蔣而代之。主要幹部不和，成爲政局不安的重要原因。

其中較重要的有汪精衛、孫科等，較次要的則有李烈鈞、李濟琛等人，再加上孫夫人宋慶齡、張治中等人，都和馮來往較爲密切。在幾次國民黨大分裂的危機中，馮的左右袒，也會影響到大局的走向。民國十六年寧漢分裂，馮先與武漢聯絡，後突然轉而支持南京蔣總司令，使得武漢方面兩面受敵，參加馮所召開鄭州會議的武漢國府要人汪精衛、譚延闓、徐謙、顧孟餘、孫科、王傳勤、于樹德、何鍵等人，不得不和南京合作，結束武漢政府。

另一次規模甚大的分裂是「擴大會議」中原大戰時期，除了汪精衛和他的支持者外，還加入以反共聞名的「西山會議」謝持、鄒魯等人，這是國民黨著名的一左、一右兩派，在反蔣的號召下，暫時結合，不久就因軍事失敗而結束。

另外，馮和國民革命陣容中若干將領唐生智、李宗仁、白崇禧、閻錫山、許崇智等人，都有聯合反抗蔣總司令的紀錄，這些反抗，或多或少都有理由，都有委屈，但動輒稱兵的結果，確實像馮玉祥自己所說的「革了自己的命」了，導致社會動盪，建設停頓，百姓灰心失望，眞是「何以對革命二字」。

馮和蔣身邊的幹部，關係更糟，尤其是何應欽，兩人因爭蔣「代理權」而互相猜疑，弄得水火不容。其餘在蔣身邊頗受信賴的戴傳賢、吳稚暉等人，也批評馮「怪異詐僞」，馮則嫌他們依附權勢，有失辛亥革命黨人的風骨，雙方惡言相向，惡感日增，也自然愈走愈遠，乃至分道揚鑣了。

蔣氏的分合

蔣先生能成爲中國最重要的軍政領袖，達數十年之久，確有他過人之處，不論是事前的情報蒐集，行事的細密、周到，都不是其他人所能比擬的。北伐前期，馮、蔣只是函件往來，素未謀面，但蔣早從馮的屬下李鳴鍾、毛以亨等人口中，細細探問過馮的個性、左右隨員及期望等等。

所以在民國十六年，徐州會議，由蔣召集，親率部屬在徐州以西黃口車站相迎，以示推崇，又面贈五十萬元犒軍，使馮產生好感，武漢政府的失敗，也就在蔣、馮合作聲中注定了。

民國十七年初，蔣總司令復出，聲勢甚壯，並親赴開封，與馮重申舊好之外，並備妥拜帖，兩人結拜兄弟，二月十八日換帖，馮帖作「結盟眞意，是爲主義，碎屍萬段，在所不計」，蔣帖作「安危共仗，甘苦同嘗，海枯石爛，生死不渝」，又因馮比蔣大五歲，蔣稱馮爲大哥，馮居之不疑，這是兩人的蜜月期。

濟南慘案，蔣以外交處理，馮嫌軟弱，北平謁陵，四總司令聚會，馮嫌部署草率，漸生可「取而代之」之心，終至北伐之後，因爲爭兵權，雙方幾次動武，有違當初結盟美意。馮氏既敗，仍到南京依附蔣委員長，蔣以閒缺處之，原是照顧舊友的美意，但一則馮倚仗功高，處處不假辭色，導致日益疏遠，加上當時對蔣個人崇拜，聲勢不小，「毀謗領袖」，對這些年輕幹部而言，是可忍，孰不可忍，處處與馮難堪。再加上當時軍、政各方面，品質瑕疵確實不少，馮每有批評，必會使某些幹部受責，更使他成爲不受歡迎的人物。加上他親共、親蘇的立場，常和「民主人士」互相唱和等，都使兩人距離愈來愈遠。

馮赴美考察，贈蔣一元九角五分的鏡框一只，蔣未回信，成爲兩人交往的終點，不談初見面時，蔣出手五十萬大洋及後來歷次贈與、馮赴美旅費批准數萬美金等事，這份禮物以常情而言，馮的回報未免過薄，馮爲表現自己清廉自持卻表達不當，終於給自己惹了許多不必要的糾紛。

與共產黨的是非

世人常說馮氏善變，但馮的轉變，通常也經過長時間的接觸、醞釀期，如馮的信仰基督教，大約花了十二年時間；從接觸到加入國民黨，則前後十八年，馮和共產黨由接觸而接近，費時更久，大約二十四年，直到他死，還沒到「入黨」的階段，充其量只是「黨友」而已。

民國十三年，駐軍北京，已有北大李大釗等人相往來，馮氏退兵南口，當權的奉、魯、直三方，是軍閥之中最頑強的保守派，開始大抓前此活躍的知識分子，其中包括報界主筆、記者、編輯、大學教授、國共兩黨留在北京的幹部等，一時人人自危，紛紛潛逃出境，與馮玉祥國民軍稍有關係，如曾任伙夫等，也遭拷打甚至殺害。但壓迫雖狠，仍有人不顧安危，繼續提供北京方面動態。

民國十六年，馮軍克復潼關，繼續向東推進時，李大釗等二十餘人遭奉、魯軍人逮捕殺害，消息傳來馮氏悲憤，除召開追悼會，申討暴行外，仍強調李兼有共產黨發起人及中國國民黨中央執行委員的雙重身分，是國民黨「左派」領袖之一。

當時馮軍的政治作戰部門，共黨服役的也不少，其中最重要的是劉伯堅（或作鑑），他是湖北人，曾留法，後轉入俄東方大學，所謂東方大學並不是眞正的大學，它是蘇俄「世界革命」理念下的產物，隸屬於蘇聯政務院民族部，學員須先入黨，也無畢業年限，收容東方各國共黨，一時猶如小型聯合國，由於在史達林麾下，故幹部出身較佳，在馮訪俄時結識，隨馮回國，派往馮軍政治部服務，部長由薛篤弼兼任，劉是副部長代理部務，劉再推薦多位共黨及左派青年爲助手，所以掌握了全軍政治工作，後來北京、廣東都陸續派人前往，國民黨員始能稍予抗衡。

馮軍中共黨，全盛時約六、七十名，由於這些政工人員過於熱心，竟說動馮玉祥將西安的滿城（舊稱爲皇城），改名紅城，到處觸目所見，都是紅色標語。政治部也採委員制，委員之中鄧飛黃是「新右派」，與共黨鬥爭最烈，大軍尚未出關，已經引起嚴重傾軋，後來國共決裂，只是使問題表面化而已。

共黨的過激行動，引起若干反彈，他們斥責宗教，適逢西北軍老班底是「基督雄師」，新加盟的實力派馬鴻逵等則是回教徒，碰了宗教問題，直如搗馬蜂窩，還沒到清黨已遭馮痛斥。西北軍的元老張之江，更是基督徒和禮教的保護者，女政工宣傳「打倒禮教」，張一怒之下，欲殺這幾位高唱「家庭革命」的前進女士，諸女聞訊潛逃。

馮另設一前敵政治工作團，由國民黨右派鄧飛黃及簡又文、共黨蒙潔義等人共同負責，由於共黨的事事反對，卒致一事無成。

鄭州會議時，武漢左派諸要人絡繹於途，探望馮玉祥幾無寧日，竭力拉攏時，忽接上海共黨領袖陳獨秀電報，謂馮已祕密將武漢諸人賣與蔣總司令，諸人恐遭馮毒手，遂慌忙返回武漢。

清黨之後，劉伯堅等共黨數十人，由軍車押送回武漢，武漢又分共，劉伯堅轉往江西，後在江西被捕殺。前敵政治工作團的副主任蒙潔義，則遭拘禁多時，因馮說情而獲釋，馮軍中共黨肅清。一日，薛篤弼爲表示「清黨」，忽下令「紅城」中一律改用藍色，刷清「紅色陰影」，命令下達後，藍漆飆漲，百姓叫苦不已，訴諸馮玉祥，才令薛取消此令，仍維持西安外城「紅通通」的景觀，紀念那段「赤化」的日子。

民國十九年馮氏敗後，又逐漸親近共黨分子，組織「研究室」，推薦左派及共黨學者到各地服務，行之有年，後來也發生了一些影響。抗戰期間，國共雖再度合作，但嫌隙仍在，血仇已多，所以彼此深懷戒心，共黨軍、政人員赴重慶，常訪馮氏，稍獲庇蔭，如二十九年彭德懷即往訪馮玉祥，學生因抗議被捕下獄，馮也常設法解脫、開釋（其中包括部分共黨青年），馮氏之死，對共黨頗有價值，事後大肆紀念，毛澤東、朱德、周恩來等人均致輓辭，死後仍不寂寞。

五、將弁故舊

前五虎

馮氏生平精彩處，半在部屬，這些人或忠誠質樸；或精明幹練，做事踏實；或粗獷勇猛，很多都成爲方面之材。又按照資歷和起家先後，分爲幾批。最早的主要幹部稱「前五虎」，是民國十年，馮將手下五位幹部升任旅長，包括劉郁芬、鹿鍾麟、張之江、李鳴鐘、宋哲元。

其中資歷最老的是張之江，字子珉，河北鹽山縣人（河北東南近海處），與馮玉祥同年，家境小康，父親曾任村子的「村正」，二十一歲時，清廷訓練新軍，他的父親負責兩名壯丁的名額，由於稟性忠厚，竟派自己的兒子前去投軍（這在當時是一項犧牲）。投軍後因曾讀書識字，被選爲幹部，又隨軍到東北講武堂受訓，專習騎兵，在第四鎭服務。後來組成二十鎭，雖是以馮玉祥所屬的第六鎭第一混成協爲班底，同時也另從各鎭抽調，張之江也因此調在騎兵隊服務，首次與馮同事，號稱「馬隊三張」

之一，另兩位是張樹聲、張振揚。這是光緒三十三年事，因張表現傑出，有膽識、有熱情，早已互相欣賞。

五年之後，辛亥革命，兩人分別遭革命嫌疑而失去軍職，三張曾投靠張紹曾，並轉介到清末已任鎮協統的伍禎祥手下任職，與馮同屬陳宧管轄，開往四川鎮壓匪亂和護國軍，馮由於努力和機緣，已任旅長，張仍是尉官，所以一見馮氏勁旅大有朝氣，就請求轉調，不久伍禎祥上前攻打護國軍先潰，張就長留在馮軍中。

此時馮雖身爲旅長，但身邊重要幹部多半是陸建章、段祺瑞的故舊，處處有志難伸，有口難言，所以倚張爲股肱，兩人共商大計，發動討袁，因而竄升甚快。

張之江見中國軍民百姓對袁稱帝並不生氣，倒是教會中人較有正義感，熱心協助倒袁，從此對教會漸有好感，後來他成爲西北軍中的元老，也是基督教的保護者，著有《證道一助》小冊子。也是馮軍擴充後，第一個擔任旅長的幹部。民國十一年，馮由陝西出關，進攻河南，鄭州之戰時，張以兩營兵力防守隴海路南側，敵軍以二十營（有記爲八十營）來攻，以一當十，情況危急，張之江的友軍只有直系王爲蔚一團、靳雲鶚一營，支持兩晝夜，死傷殆盡，張之江身邊只餘勤務兵等數十人而已，竟如有神助，先跪地祈禱，然後率領勤務兵等發起衝鋒，攻入敵陣，對方竟退出七、八里遠，隨後援軍亦到，在河南戰役中是決定性的一戰，勝利後，馮遂任河南督軍。

隨著馮力量的增長，張也水漲船高，成爲馮軍中第二號人物。占領北京時，因意見不合，漸與鹿鍾麟不洽，攻李景林不克加上南口之敗，張率部遠走沙漠，屯兵五原，一籌莫展。馮回國後奪其兵權，北伐時僅留「全軍總執法」虛銜，因爲與左傾人士、共產黨員不合，屢屢觸怒馮妻李德全，民國十六年北伐後轉往中央，任國民政府委員，蔣總司令的高級參謀團參謀長，此人既去，馮軍中「匙大碗小」的大小事情，都難逃蔣耳目。

張之江在軍中多年，勤習武術，南北名師接觸，頗有意振興武術，曾在南京設「中央國術研究館」，後因冗員充斥，效率不彰，延至抗戰前，不能發揮多少作用，遂沒沒無聞了。

李鳴鐘是馮軍中第二位擔任旅長的「虎將」，李字曉東，河南沈邱人（在河南安徽交界處，潁水上游）。約生於光緒十二年，幼年家貧從軍，在第六鎮營長馮玉祥麾下，由馮拔爲排長，灤州起義時，率士兵搶救馮氏，也被涉嫌參與革命。民國二年，馮重掌兵符，李再來投軍，仍任排長，升學兵連連長，風評甚佳，韓復榘、石友三、吉鴻昌等均受李拔擢成名。五年，在四川已任上校營長，十年任第八混成旅旅長，是僅次於張之江的元老。一次直奉戰爭時，李受吳佩孚命，繞道奉軍後方，突穿敵陣建功。首都政變，升任師長兼綏遠都統。十四年，馮軍攻李景林於天津，李鳴鐘接替張之江率隊督戰，大損實力，威名一挫，此後雖任甘肅軍務督辦，不肯上任，自願追隨馮赴俄求援。李身材高壯，類似馮氏，出身貧苦，幼年失學，到了蘇俄後，舉止粗俗，雖然對馮忠心耿耿，且盡出私蓄助馮遠行（七萬元旅費中，有五萬元是李私產），但因鬧笑話，遭馮痛斥為「豬八戒渡子母河，不淹死在那裡，至少亦非吃大虧不可」。且受馮夫人以及身旁新貴知識分子的取笑而不安於位。

隨後遭馮遣往廣東，聯絡國民政府，以後則擔任馮和各方面的聯絡人，未再任軍職。北平收復後，在北平隱居養病，民國十九年中原大戰前夕，奉中央密令，前往遊說馮部吉鴻昌、梁冠英、張印相諸部叛馮投中央，並一度出任「編遣委員」。

劉郁芬，字蘭江，直隸清苑人，姚村陸軍小學，保定速成軍校第一期畢業生。授階後赴雲南，入同盟會，充陸軍十九鎮排長、隊長等職，民國成立返回北京，任職北京陸軍士校。民國三年，任十六混成旅參謀官；七年，常德駐軍期間，任馮軍漢口辦事處業務，因獨當一面，辦事謹慎穩重，漸受馮賞識。十年，成立第十一師，劉升任團長，番號第四團，下轄劉汝明等三個營，助攻陝西。十一年，任旅長；十三年，馮玉祥首都政變，劉再升第二師師長。

民國十四年秋，馮以西北邊防督辦的名義，派劉為入甘部隊總指揮，代行甘肅督辦職權，劉郁芬當時領有孫良誠（少雲）師及一旅，共一萬四、五千人，甘肅方面回軍共五支，號稱「五馬」，其中以馬鴻逵兵力最強，五軍共計約一萬二千人。漢軍五支，共計一萬五千人，漢回兩軍互鬥不已。

對於馮軍入甘行動，馬鴻逵全力配合，劉郁芬遂先誘殺甘肅若干漢、回諸軍領袖，其餘起兵抗拒者，則由孫良誠率師平定，稱雄甘肅。後來南口大敗，馮軍主力退軍五原，各部大都殘破。劉送上十萬元現金，棉衣五千件，並派「西北軍」僅存的孫良誠師，以及隨同入甘的一旅出征，此旅先後由高樹勛、谷良友任旅長，為應付北伐，特擴充為第十二師，由孫連仲升師長，從此他與孫良誠號稱「二孫」，是北伐初期主力。

劉郁芬在北伐成功後，原任第二集團軍第七方面軍司令，裁軍後仍保留甘肅省主席一職，民國十八年馮突然撤出山東、河南兩省，剩餘四主席就成為馮軍台柱，即陝西宋哲元、甘肅劉郁芬、寧夏門致中、馬鴻逵（後）、青海孫連仲。十九年中原大戰失敗後，各部星散，劉部屬散去，改任軍事院參議。抗戰期間，劉郁芬參加汪精衛的

「維新政府」，出任為開封綏靖主任、總參謀長等職，使馮極為痛心。抗戰勝利前夕，劉病逝於北平。劉氏是西北軍中有名的儒將，以氣度高雅著名。

鹿鍾麟，字瑞伯，河北定縣人，清宣統二至三年，馮玉祥在東北任二十鎮營長，有心革命排滿，鹿曾參加馮所組織的「武學研習會」（掩護組織），時任下士；民國五年，鹿隸屬第四混成旅伍禎祥屬下，在成都時投奔馮，任少校參謀，由於他能力強，一直和張之江爭任馮軍中「第二號人物」的頭銜。十一年，任旅長；十三年，馮玉祥首都政變，鹿更參與機密，率軍班師，驅逐廢帝，警衛北京等，威震一時；十四年，馮赴俄求援，命張之江代理「督辦」，統率全軍，鹿首先不服，南口兵敗、五原集結時，鹿乘機鬥爭張之江，並大出家財助軍，根據一份不甚可靠的日人記載（布施勝治，《馮玉祥與支那革命》），鹿捐款六百萬元，此數目或許誇大，但鹿在西北軍諸將中以富翁聞名，則是「公論」，從此大受寵信，取代張之江而握兵權。北伐時常與馮分任平漢、隴海路總指揮，任馮代理人。北伐成功後，任軍政部次長，署理部長等職。十八年馮稱兵反抗中央，密令鹿潛返率領二集團軍，以奪宋哲元、劉郁芬等人兵權。

民國二十六年全面抗日，馮再任戰區司令長官，鹿出任副長官，因謠傳馮、鹿二人要再奪宋哲元、韓復榘兵權，因此韓宋兩人不願合作，對馮、鹿陽奉陰違，虛與委蛇，導致前線大敗。

宋哲元，字明軒，山東樂陵縣人。民國元年入伍，不久後被拔為幹部；三至四年之間加入十六混成旅，任少校團附；五年，與常淑清女士在四川綿陽成親（常女為北京人，與家人追隨部隊至此），並出任第一團第一營營長；六年，消滅復辟軍，率先攻入北京建功；十年，攻陝西為陸建章復仇，表現剽悍，從此嶄露頭角。十一年，任旅長；十四年遭直、奉、魯聯軍圍攻，宋率軍西攻山西閻錫山獲勝，西線穩定後，再轉而負責東北角的熱河防線；十五年八月戰況危急，宋率軍回防閻錫山，終於造成全線崩潰，五原誓師，宋仍忠心耿耿，馮氏回國，宋率軍相迎，送上西瓜，相見頗為唏噓。

因為宋為人堅毅沈著，不善言辭，但帶兵練兵十分扎實，遂將所有殘破部隊，有幹部而無兵士者，撥歸宋整編，成立暫編第一師，一面招訓新兵，以後補充兵員、武器，一一成為勁旅，使後力源源不絕，宋哲元之功。

攻克陝西後，交宋哲元負責防務，兼第四方面軍總指揮，省主席由于右任擔任，但于無兵無將，施展不開，很快就識趣讓賢，仍由西北軍將領石敬亭、宋哲元負責。

宋也確實顯露了相當的能力，防區西到陝西，東到河南西部，東西馳騁，擊敗各地蠢動的地方勢力。北伐勝利編遣，宋哲元仍任陝西省主席、剿匪司令並兼第二集團軍二十九師師長。

馮反抗中央，民國十八年十月，宋以代總司令身分，率軍出關大敗而回；十九年中原大戰，宋任馮軍四路總指揮，大敗之後，仍保有部分實力，受張學良整編，託庇於山西省主席商震，以一軍兩個師名義，成爲馮氏「西北集團」中唯一僅存的力量，此後宋則成爲此一集團的新領袖！

宋哲元的能力很強，派遣說客四出，結好張學良與中央，獲准逐次增加番號，擴大編制，取得地盤。又結好已投中央的西北舊將、官吏，對馮則推崇爲「太上皇」，保持禮貌，加上時局驟變，中日關係緊張，不數年之間，宋脫穎而出，成爲冀察政務委員會委員長、河北綏靖主任、河北省主席，兵力重振，或許正如黎東方教授所說的，原是叫他與日人虛與委蛇，有時他竟假戲眞做，嚴緝抗日宣傳，驅逐國民黨黨部，與中央劃清界線等，不得不令人擔心他究竟意欲何爲，因此和知識分子關係惡化。

在日本侵華軍方面，卻一直拖到爭取韓、宋，脫離中央的華北特殊化辦法失敗，才發動七七盧溝橋事變，全面抗戰爆發，全國人倚爲長城、訓練堅實的二十九軍竟連喪幾員將領，因疏於構工而遭日本裝甲部隊蹂躪，慘不忍睹，這眞是宋氏不可原諒的錯誤。宋失地喪師後，雖保有第一戰區副司令長官、十九集團軍總司令等銜，卻脫離部隊，任務交馮治安代理，自己赴四川養病，民國二十九年，病逝於當年結婚的地方綿陽。宋駐軍陝、晉、平、津期間，共黨分子在軍中甚多，日久影響漸大，在徐蚌會戰時，馮治安部兩個軍投共，是造成戰局逆轉的重要原因之一。

不過國人對宋的最後抉擇，仍充滿了敬意，蔣委員長的輓聯（逝世六周年時作）：

砥柱峙中流，終仗咸稜懾驕虜；
星芒寒五丈，不堪殄瘁痛元良。

日本投降後，蔣先生回想起當年宋哲元血戰長城、平津，與敵折衝忍辱，力保張自忠戴罪立功等往事，而將宋比擬爲病逝在五丈原的諸葛亮，對一個中國將領而言，這已是最高的榮譽和肯定了。

宋之爲人耿直，注重舊道德，喜四書五經，對大事非常堅定，對外交涉氣魄甚大，是前五虎中對國家貢獻最大的。

中五虎

孫良誠、孫連仲、劉汝明、韓復榘、石友三在北伐和抗戰時期大顯身手，是馮軍幹部中，又一批傑出將才，也有人稱爲「中期」五虎將。

「五虎將」的觀念，來自於演義小說《三國演義》，正是民初軍人最熟悉的故事，因此有功將領，往往被比附成關羽、張飛、趙雲等蜀漢的五虎上將，被列名者也頗以爲榮。

孫良誠，字雲紹，或字少雲，河北天津人，自幼聰穎過人，見義勇爲。民國元年投軍，在馮的左路備補軍第二營入伍，是西北軍中所謂「老二營」派。由於做事積極，刻苦耐勞，漸受馮賞識。五年，由四川返回北京，馮在軍中提倡體育，曾親帶幾位幹部同去青年會學籃球，孫也在其中，此後每逢休假，必去看球，學習籃球技巧，回營後再教兵士，於是運動風氣漸盛。

民國五年底，馮被排擠去職；六年，反對復辟，由李鳴鐘負責排除楊桂堂旅長，打算迎馮回軍，並派孫良誠、劉汝明任聯絡、傳話，此時已成爲心腹之一。大約八年在常德時任營長；十年又升團長。此後一帆風順，十三年任旅長（是馮軍中第二批將官），首都政變後，馮大肆擴充，十四年再升師長（十四師）。因甘肅動亂，馮受命平甘，派劉郁芬率孫良誠師、高樹勛旅前去，沿途築路，平定地方，漸成方面之材。民國十五年北伐，成爲全軍先鋒，攻克西安，各師均擴編爲軍，十六年加入國民革命軍，孫良誠兼第一方面軍總指揮，威名甚著。在蘭封附近與奉軍激戰，表現亦佳。

北伐勝利後，孫良誠因第一集團軍的退讓，和自己的戰功，出任山東省主席，下轄梁冠英、吉鴻昌兩師。民國十八年四、五月間，孫突奉馮命令，放棄山東，從此失去地盤，幾次反抗中央失敗，兵士消耗殆盡。中原大戰敗後，所部吉鴻昌、梁冠英投中央，孫已無部隊。

民國二十二年，馮在察哈爾抗日，孫雖去投效，仍任閒差。察哈爾抗日結束後，窮無所歸。三十年，汪僞政府成立，孫受劉郁芬遊說，加入維新政府，任開封綏靖主任、蘇北綏靖主任等職，並獲成立第二方面軍、第三集團軍，此事對馮打擊甚大，因爲孫是馮生平提拔的得意將領之一，且受馮的鼓勵，到前線打游擊的。孫費心設立魯西行署，雖然經費拮据，一個月只有三千元，仍能逐漸成長。湯恩伯又取消孫的魯西行署，並命孫歸何柱國指揮，孫被激怒，遂改投僞軍。抗戰勝利後，孫部已相當龐大，隨維新政府再投中央。長年游擊戰期中，孫軍充斥不少共黨分子，徐蚌會戰時，孫軍也投降中共，孫良誠本人又奉命遊說劉汝明，不成，反被劉留下，南京淪陷後，再入中共掌握。

孫良誠爲人忠義，可惜對世局認識不清，前半生精彩，後半段則飄零無所歸，空負知兵之名。

孫連仲，字仿魯，河北雄縣人，是西北軍「二孫」中的另一孫，清末從軍，原爲王占元第二鎮的學兵，民國元年，再改投馮軍。三年升班長，四年任連司務長，馮軍與護國軍相持於四川時，因炮兵連連長陣亡，暫時由孫接任，孫力能扛二三十公斤之炮，抄敵後路，摧毀敵軍陣地，遂正式擔任連長。敗退時雖退不亂，野炮完整，頗受賞識。

他也是驅逐旅長楊桂堂，擁護馮回任的核心「十二連長」之一。一次直奉戰後，升任營長，自費聘一師範畢業的同鄉教他《左傳》、《論》、《孟》等。二次直奉戰爭，馮欲升孫連仲爲炮兵團長，孫推辭，理由是自己學歷太低，但馮不准他推辭。

孫氏所受正規教育雖然不多，但生性聰明，歷任軍中機械操、籃球、炮兵、騎兵、機槍教練，多才多藝。障礙超越，技冠全軍，又曾以騎術折服俄籍專家，射擊折服以射擊聞名的「馬家軍」、美軍射擊名家雷克上校等人。其人多膂力，曾以繩垂下兵士，在懸崖間採藥，爲兵士治病。

每當戰況最激烈處，孫連仲常身先士卒，尤以民國十六年北伐時，率大刀隊夜擊奉軍精銳，以一團擊潰兩旅之衆，成爲馮軍著名的打擊部隊之一。

北伐後，孫任青海省主席，與清皇室羅毓鳳女士成婚，羅女師範畢業，多才藝，且與孫連仲同好名馬，以善騎聞名，宜室宜家，四子四女多有所成，經營商業，有成巨富者。

民國十九年中原大戰後，孫連仲直屬中央，對蔣總司令頗忠順；二十年受何應欽指揮，以二十六路軍總指揮頭銜，參加第三次圍剿，在黃埔出身諸將頻頻失利時，孫連仲卻大敗共軍，和粵軍蔣光鼐同爲本次圍剿少數立功的將領之一。後來雖有部分部隊投共，但孫本人的表現頗受賞識。

抗戰期間的娘子關之役，孫連仲擁有三師、一旅，配合其他友軍，在防守戰上湔雪前恥，消滅了日軍一個聯隊，但後來由於閻錫山過於興奮，命令孫連仲進一步奪回娘子關東南方的舊關，卻損失慘重，全軍只剩六千人，孫卻因戰功升爲第二集團軍總司令。

這個第二集團軍不能和馮玉祥當年的陣容相比，直屬部隊仍只有三個師、一個旅，經過整補之後，參加了台兒莊之役，孫部嫡系部隊拚勁十足，吸引日軍，使我軍能完成反包圍，殲滅日軍萬餘名以上，是抗戰以來，第一個名副其實的「大捷」，事後孫和戰友們分別獲得青天白日勳章。

抗戰勝利後，孫連仲升任第十一戰區長官，為搶救北平，乘飛機直飛北平，部隊則交副司令長官馬法五率領，沿平漢線北上推進，民國三十四年十月，部隊遭共軍包圍，另一位副司令長官高樹勛（也是西北軍舊將）率新八軍投共，且轉而消滅四十軍、三十軍，其中四十軍全軍被解決，三十軍殘部，事後歸胡宗南收編，孫連仲無可奈何，在大陸淪陷前飛台灣。

孫連仲少年喪父，事母孝，與兄弟姊妹情深，治軍嚴而合理，性廉潔，任事勤奮，注意部屬生活福利。駐軍期間，也做過一些「教育民眾」的事，曾在宋埠城的四門，設立「城門學校」，百姓通過，必須會念才准通過（類似電視節目每日一字）。圍剿共軍期間，駐軍湖北藤田，每晚在構工之餘，講解生平實例，後來彙集成書，命名為《田心訓練集》，成為瞭解孫氏生平的重要著作。孫氏治軍嚴正，與地方關係良好，並手訂「八大紀律」，命兵士切實執行，頗獲好評。

來台後，任監察委員，居木柵，暇時仍打籃球及觀賞籃球為樂，得享高壽，是西北諸將中，最有福氣之人。

劉汝明，字子亮，河北獻縣人，民國元年投軍，十七歲任班長，事父母甚孝。二年，馮升團長，「老二營」幹部出路提升，劉也升任排長。三年駐陝西，馮升旅長，劉也隨之升任連長，不過十九歲而已。劉能力頗強，行軍不但不騎馬，以馬馱運腳上起泡兵士，又一人背三支步槍行軍，每月八十兩薪餉，多半濟助兵士，所以成績傑出。戰時則身先士卒。五年在四川升任營附，回北京後則熱中於學習籃球。七年又升團附，駐軍常德時任營長，因請假未准，潛逃赴東北迎父親骸骨受責，再回任團附、旅部副官長等職。二次入陝時，才再任營長。駐軍南苑，升團長。首都政變前夕，負責偵察吳佩孚軍動向立功，事後升任鹿鍾麟警衛旅旅長，所以能參與國父北上、病逝等歷史性任務。劉在北平設「汝明義務學校」，教育平民，頗受國民黨中革命元老讚譽。

民國十五年三、四月，鹿鍾麟的兩個警衛隊，合併擴充為第十四師，由劉任師長，下轄一萬五千多人，劉接任後就遇到南口大戰，劉汝明師表現英勇，抗敵數月之久，一戰成名。南口敗後，雖敗不亂，退到五原，仍有六千人（三分之一強）。西安解圍，繞擊劉鎮華軍後方建功，成為劉生平前兩樁功業，被譽為「挺身當南口之險，走馬解西安之圍」。

北伐軍再出，部隊再擴充，劉汝明任第二軍軍長，歸總司令直轄，鎮壓地方叛軍。後期則在平漢線漳河前線立功。

編遣會議後，第二軍縮編為二十九師，綏靖地方，但因得罪馮身邊紅人鹿鍾麟，被拔掉師長之職。馮稱兵反抗中央，韓復榘叛馮而去，但韓屬下有一部分是二十九師舊屬，願歸劉汝明統轄，劉因此再得軍權，由馮發表為第十軍，其實只有五、六千人。馮抗命不成，前往山西求援被扣，劉汝明兄弟頻頻探問，忠心耿耿。

中原大戰失敗後，劉部保留甚多，被編為二十九軍副軍長，後又兼暫二師師長。長城之戰，二十九軍威名大著。民國二十七年二十九軍擴編為第一集團軍，劉任六十八軍軍長，綏遠之戰，劉汝明張家口拒敵，受共黨分子——《大公報》記者范長江——誣指為不抵抗。台兒莊戰時，劉在徐州附近也殺敵百餘人，虜獲馬匹八十多匹，事後在湖北遭到疾病侵襲，全軍病死竟達四千人。

民國三十二年三月，劉升任第二集團軍總司令，下轄兩軍及游擊隊。抗戰勝利後，與共軍作戰，頗受和談牽制，損失漸多。劉汝明在徐蚌會戰時，擔任第四綏靖區防務，因共軍製造謠言，說劉軍心不穩，使他頗受猜疑。番號再改爲八兵團，全局已呈敗象，退到漳州、廈門再敗，赴台時遭懷疑，全軍解除武裝，分派各地監管，劉則解除兵權，隱居中和種花自娛，度過晚年。

韓復榘，字向方，河北霸縣人，幼年曾遭義和團之亂，劫餘逃生，任警察、二十鎮士兵等。民國後再投「老二營」，韓曾受過私塾教育，優先補爲班長，民國五年在四川時任步兵連排長；八年，因劉汝明受責，取代劉而出任第三團第一營營長。十一年直奉戰爭，獲升團長，二次直奉戰爭，則升爲第一師師長，進攻李景林，一戰成名，南口兵敗後，投效閻錫山保全實力，爲人機巧善變，頗類馮氏。

馮玉祥回國後，仍服從馮氏效命北伐，戰功顯赫，在漳河、徐州諸役表現精彩，先入北京，更令其他各集團軍不敢輕視二集團軍實力，官階也由第六軍軍長、第三方面軍總指揮，到河南省主席、山東省主席，也有後來居上，做馮接班人的架式。

此後韓任山東省主席七年半，頗有治績，但他仍有割據軍閥心態，對中央保持距離，早令中央不快。抗戰爆發後，態度曖昧，一退再退，違抗軍令，遂遭誘捕槍決。

石友三，字漢章，吉林人，老二營出身，機械操極佳，能做大車輪六十個，民國七年任職學兵營，後升第八混成旅旅長，是西北軍中較投機的幹部，南口兵敗，與韓復渠同投閻晉。馮回國後，再來投奔馮，北伐後出任第五軍軍長，戰鬥力甚強，編遣後任二十四師師長，馮向中央抗命，石和韓拒不受命，改投蔣總司令，不久又叛蔣多次。中原大戰時依違於馮、蔣、閻、張之間，部隊損耗殆盡，又上山東泰山懇求馮原諒，獲介紹前往宋哲元軍服務，石氏能力甚強，宋派給他冀北保安隊，下轄兩個團。七七事變以後，宋軍幹部折損過多，卻獲組「第一集團軍」的命令，石友三遂任六十九軍軍長，平津、徐州相繼失守後，石見局面不佳，漸與日軍洽降，並勾結日軍，企圖消滅不肯投降的高樹勛師，反遭高擒獲處死。

後五虎

後五虎者，馮軍後起名將，張自忠、馮治安、趙登禹、吉鴻昌、鄭大章等。孫良誠投降日人，是馮晚年奇恥大辱；張自忠英烈千秋，卻是馮生平最大的光榮。

張自忠字藎臣，或作藎忱，山東臨清人，民國前十九年生，在馮軍中發跡較晚，民國五年任學兵連見習官。一次直奉戰爭後任學兵營營長，身材壯碩，頭腦機敏，治軍嚴格著名，號「張扒皮」，能與士卒共甘苦，極獲愛戴。十九年中原大戰失敗，部隊保留較多，被收編改爲師，任師長，對中央極忠誠，從此漸趨重要。長城抗日後，張自忠出任北平、天津市長，與日人周旋，苦不堪言，撤出平津後，國人頗不諒解，即西北軍同仁也對他恨之入骨。以後張伺機逃出日人掌握，戴罪立功，一戰淝水、再戰臨沂、三戰徐州、四戰隨棗，部隊奮戰不懈，曾五次補充兵員，獲獎勵數十次。張殉國後，忠骸運回四川重慶，舉國震悼，馮玉祥更題「不做張子房，便做張自忠」句，埋骨於四川北碚梅花山麓，蔣委員長作文紀念稱：「不以當世之是非毀譽亂其慮，此古大臣謀國之用心，非尋常之人所及知。」特別稱道他忍辱爲國之忠。

張氏夫妻不和，十餘年不交談，但仍生活嚴謹，絕不放蕩，張氏逝後，由馮治安繼任三十三集團軍總司令職。

馮治安，字仰之，河北人。民國前十五年生，民國元年在景縣入伍，是老二營時代士兵。七年爲學兵營營長，射擊技術佳，是著名的射手。十四年任衛隊旅旅長，北伐時則升任二十三軍軍長，中原大敗後，任二十九軍師長。馮治安生性開闊，舉止瀟灑，凡事民主，手下張克俠、何基灃影響力很大，徐蚌會戰時，兩人竟以軍隊投共，治安徒呼負負而已，隻身赴台，退休於中和，一日患病不起，天年已盡。

趙登禹，字舜誠，山東菏澤人，是宋哲元一手提拔的猛將，勇敢善戰，不避危險，曾作戰負傷多次，爲了止痛而染上煙癮。喜峰口之役，揚名於世，七七抗戰，趙爲二十九軍師長，執刀督戰，機槍貫胸而亡。

吉鴻昌，字世五，清末投軍，民國二年加入馮軍任班長，北伐時在孫良誠手下任旅長、師長，蘭封之戰以驍勇善戰聞名。吉身長壯碩多鬚，赤膊上陣，模仿小說中黑旋風李逵，暴戾難馴，十九年中原大戰失敗，改投中央，升爲二十二路軍總指揮，命令他攻擊江西共軍，參加圍剿，吉拒不受命，被解除軍職，逃往國外。九一八以後潛返國內，跪地向馮認錯，參加「察哈爾抗日同盟軍」時，已祕密加入共產黨，任第二軍軍長，收復多倫之役，極爲悍勇。馮抗日行動結束，吉等又拒不受編，部隊被解散，吉隻身逃往天津，在法租界中被捕，引渡後執行槍決。

鄭大章，基本資料不詳，在西北軍中成名較晚，民國十六年大舉北伐時任騎兵第一軍軍長，雖然號稱一個軍，但人數不多，只有數千人，西北軍向來以馬術自豪，但因時局演變，一受制於汽車，再受制於機槍，北伐以後又受制於飛機的炸射，騎兵機動力的優勢已經逐漸喪失。馮玉祥常命鄭大章率部側擊，擾亂敵人後方，收效甚佳。馮抗命稱兵，中原大戰，鄭大章夜襲機場，幾乎危及蔣總司令，也被認爲是一員驍將。

其他

馮自己的發跡，已成爲鄉野傳奇的一部分，所以愛提拔出身貧農、未受過教育的青年，加上他所主持的團體較有公理、理想，雖然並不成熟，忽左忽右，已經足以吸引北方豪雄競逐於他的大旗之下。除了上述十五名將領事跡較著外，其他幹部仍多。如盧溝橋上第一槍的吉星文，就是吉鴻昌的姪兒，後來在八二三金門炮戰時陣亡，是抗日的急先鋒。程希賢生活不檢點，但戰技驚人，作戰時失去左臂，獨手仍能做單槓的大車輪，屢受馮責罰，心懷不平，北伐成功後先投蔣總司令，抗日戰起又投降日軍，任「禁煙會」主委，大發利市。抗戰勝利後以「漢奸」罪槍決。張樹聲（俊傑）是軍中元老級人物，清末二十鎮的「馬隊三張」之一，與張之江比肩；民國十七年到南京任職，十八年馮抗命稱兵，張樹聲訪馮談起南京「訓練、裝備、經費，均優於西北軍」，馮大怒摑以耳光而去，張樹聲在幫派中地位崇高，西到四川，東到武漢，結盟者數十萬人，在哥老會中另有地位；後來抗戰時馮困處四川，窮極無聊，羨慕張樹聲的家長式作風，由張代訂規章，仿哥老會辦法，廣收門徒，因人員品類不齊，對馮的聲望傷害不小，馮卻以一貫拒諫的態度，斥責任何勸阻的幹部。另有魏鳳樓者，以武術聞名，天津攻李景林之役，夜襲敵營，手斫六十餘人。隨馮赴俄任護衛之職，北伐時任十四軍第四師師長，在孫連仲麾下表現悍勇，抗戰勝利後任河南省政府行政專員，率眾投共，轉而攻省主席劉茂恩於開封，城破魏先入城，在中共任職。

此外如七七事變中殉國的佟麟閣、北伐中被俘犧牲的鄭金聲，國民二軍的名將胡景翼等，均有過人之處，仿湘淮軍將領的《湘軍志》，另作《西北軍志》述之可也，其他主要幹部不下數十人之多，在此不一一詳述。

軍旅出身，而能保境安民的，以回教徒馬鴻逵爲最成功，他在馮軍民國十四年入甘時，率軍協同作戰，五原誓師、西安解圍、北伐之役均有戰功，其後任寧夏省主席十六年，爲人廉潔自持，重建經濟，從事建設，一直維持到共黨占領前爲止。

軍中文職人員，精彩者亦多，其中較著名的有薛篤弼、黃少谷、何其鞏、秦德純、石敬亭、雷嘯岑、簡又文等人，舊學涵養著名的則有王瑚、鄧鑑三等人。均各有事跡，文人著述較多，多半另有記載。

後記

清末以來，中國陷入空前大變局中，世局變幻，令人目不暇給，救國宗旨也層出不窮，各有論據，即使有心濟世的人，也往往茫然無所歸。馮玉祥的一生也是如此。借用牛頓爵士晚年的名言來說，他像是海邊撿貝殼的頑童，自以爲撿到了什麼稀世珍寶，到手一看不過如此，又去追求另一枚更閃亮、更迷人的彩貝。

從另一個角度來看，他一生都在追求眞正的「朋友」，但受限於幼年生活經驗，人格中有強烈的不信任、自卑、退卻等因素，使他永遠難和人坦然相處，常陷於「又期待又怕受傷害」的情況，表現於外則是反覆難測，雖然他平日以極強的自制力控制著局面，但一遇事有徵兆，往往反應過度，常傷害到自己，也傷害到他平日苦心建立的團體，甚至整個中國。在他已經位高權重、兵多將廣的時候，他突然向左或向右轉，往往使這個原已動盪的中國，晃得更厲害些。

距離是美麗的，也是安全的，對馮玉祥而言尤其如此。到他死前，仍抱持著對中共美麗的幻夢，這無寧是他一生中最大的幸福，因爲正如馮氏傳記作者簡又文所說的，戡亂戰爭中，西北舊將率軍投共者，不下四、五十萬人，精兵猛將仍在，戰鬥力亦強，如果他順利返回中共統治下的大陸，眼見中共後來種種不合人道的殘酷措施，他那永不服從的叛逆血液，是否會再度沸騰呢？而豪傑之身已老，又是多麼悲慘無奈呢！對於一個終身都在追尋的人而言，還有什麼能比抱持理想、爲理想而奮鬥的感覺更美好呢？

馮玉祥和當代許多其他中國人一樣，始終堅信有一種「靈丹妙藥」，可以在一夜之間，改變這個令人憎恨的世界，試了又試，找了又找，卻把「中國」這個病人折騰個半死。很諷刺的是，「病人」所最需要的，也許只是「安靜」而已。就像閻錫山在山西、韓復榘在山東、馬鴻逵在寧夏、盛世才在新疆所做到的，一些簡單的治安保障，合理的稅收，正常的行政體制，和一段不算短的時間，就可以使「中國」富庶、健康起來。又一個找尋幸福「青鳥」的故事，那隻可以帶來幸福的青鳥，不正在我們自己家中嗎？何必汲汲營營，動輒發兵數十萬、血流成河呢？台灣這三十多年「由無到有」的故事，不是許多立志救國者心目中的理想嗎？想像馮最後的落腳處是台灣，他又會叫嚷起來痛斥一擲萬金的聲色場所和揮金如土的應酬。這不是遠比北伐後「半桌子餅乾、一桌子水果」更「官僚舊樣」嗎？

這教做上帝的怎麼辦呢？安排他在一條飄蕩的船上，觀賞一場如幻的「電影」，在瞬息間，突然發病死去。死後卻使中共的領導人，不得不忘記他曾經驅逐、逮捕、殺害許多共產黨員，又嘲笑共黨革命理論和方法這些不愉快的往事，把他包裝成「徹頭徹尾」的共黨鬥士，盛大紀念，備極「哀榮」，當然這也有安撫留在大陸西北舊將的意思在內。

在台灣方面，西北軍故舊也很多，正朝著另一個方向而努力，把他包裝成一個「國民革命」的英雄，始終佩服信仰中山先生主義的鬥士，幸好這兩方面都有充分的材料，也都成爲本書重要的資料來源。

另一派可稱爲「冷眼旁觀」派，包括香港、美國等地的著作，取笑他是一個落伍者，以笨重的身手，不斷追尋新潮流，卻一再被潮流所拋棄，無寧有失忠恕之道。以一個來自保定鄉下的小孩而言，能引起中外這麼廣大而持久的波瀾、爭議，已經是一項「奇蹟」了，不是嗎？

附錄一——年表

年號	西元	年齡	事蹟
清德宗光緒八年	一八八二年	一歲	馮玉祥出生，本名基善。
清德宗光緒十九年	一八九三年	十二歲	馮玉祥加入保定五營練軍。
清德宗光緒二十一年	一八九五年	十四歲	袁世凱奉命在天津小站編練新式陸軍。
清德宗光緒二十五年	一八九九年	十八歲	義和團反對帝國主義的愛國運動開始。
清德宗光緒二十八年	一九〇二年	二十一歲	馮玉祥加入新建陸軍（北洋軍）。
清德宗光緒三十年	一九〇四年	二十三歲	日、俄在中國領土上戰爭，清廷宣布中立。
清德宗光緒三十一年	一九〇五年	二十四歲	日、俄簽訂和約。
清宣統二年	一九一〇年	二十九歲	汪精衛謀刺攝政王，事洩被捕下

			獄。
清宣統三年	一九一一年	三十歲	同盟會發動第一次廣州起義失敗。 同盟會發動第二次廣州起義失敗，死難烈士葬於黃花岡。 「辛亥革命」，武昌起義，各省陸續脫離清廷統治。 南京成立臨時政府，孫中山就任臨時大總統，清帝愛新覺羅溥儀下詔退位。
民國二年	一九一三年	三十二歲	袁世凱脅迫國會，正式當選中華民國大總統。
民國三年	一九一四年	三十三歲	袁世凱違法解散國會，並電令解散各省省議會。
民國四年	一九一五年	三十四歲	日本提出「二十一條」要求，除第五號外獲得袁世凱承認。

民國紀年	西元	年齡	事件
民國五年	一九一六年	三十五歲	國民代表大會一致擁戴袁世凱稱帝，北京政府申令明年改爲洪憲元年，改中華民國爲中華帝國。袁世凱病逝北京，洪憲帝制結束；黎元洪就任大總統，段祺瑞爲國務總理。
民國六年	一九一七年	三十六歲	安徽督軍張勳擁立清廢帝溥儀登基復辟。討逆軍收復北京，張勳敗逃，馮國璋繼任大總統。北京政府與南方軍政府大戰於湖南，南北大戰開始。
民國七年	一九一八年	三十七歲	北軍第十六混成旅旅長馮玉祥電請罷兵主和，遭北京政府免職。
民國九年	一九二〇年	三十九歲	直皖戰爭爆發。

民國十年	一九二一年	四十歲	中國共產黨正式建黨。 北京政府任命馮玉祥爲陝西督軍。
民國十一年	一九二二年	四十一歲	直奉戰爭爆發。 孫中山在韶關誓師北伐，陳炯明阻撓北伐發動兵變。
民國十三年	一九二四年	四十三歲	「首都政變」陸軍檢閱使馮玉祥及胡景翼等人發動政變，曹錕被捕下獄。 馮玉祥任西北邊防督辦，其部隊改稱西北軍。
民國十四年	一九二五年	四十四歲	國父孫中山病逝北京。 奉系將領郭松齡倒戈支持馮玉祥，攻占山海關。
民國十五年	一九二六年	四十五歲	馮玉祥赴俄謀求援助，並加入中國國民黨。

民國十六年	一九二七年	四十六歲	濟南「五三慘案」爆發。
民國十七年	一九二八年	四十七歲	蔣中正出任國民政府主席，馮玉祥擔任國民政府委員、行政院副院長兼軍政部部長。
民國十九年	一九三〇年	四十九歲	「反蔣軍」閻錫山就任陸海軍總司令，馮玉祥、李宗仁就任副總司令。 中原大戰爆發，反蔣軍潰敗。 汪精衛、閻錫山、馮玉祥在北平發起「擴大會議」。
民國二十年	一九三一年	五十歲	九一八事變爆發。
民國二十一年	一九三二年	五十一歲	蔣中正任命馮玉祥爲國民政府委員、特務委員會委員、軍事委員會委員等職。
民國二十二年	一九三三年	五十二歲	馮玉祥組織察哈爾民衆抗日同盟

			軍。
民國二十四年	一九三五年	五十四歲	馮玉祥任軍事委員會副委員長，國民黨中央政治會通過晉升馮玉祥為一級上將。
民國二十六年	一九三七年	五十六歲	七七事變爆發。
民國三十四年	一九四五年	六十四歲	日本宣布投降，何應欽主持南京受降典禮。
民國三十五年	一九四六年	六十五歲	國民政府還都南京，憲法完成三讀，於明年元月一日公布，同年十二月二十五日施行。 馮玉祥擔任水利會特使，赴美考察水利建設。
民國三十六年	一九四七年	六十六歲	在紐約任「旅美中國和平民主聯盟」執行委員會主席。
民國三十七年	一九四八年	六十七歲	病逝於蘇俄敖得薩港附近的俄輪

民國三十八年	一九四九年		上，骨灰送返中國。 中共在北京舉行馮玉祥追悼會，次年葬於泰山。

附錄二——憶馮

黎東方

吾友張君家昀寫好了一本《馮玉祥傳》，要我也把自己與馮會見及交談的經過加進去。

那只不過是無關宏旨的雪泥鴻爪而已，卻也未嘗不可藉以烘托這位偉人的個性。

我在河南老家，早就聽到說農村中的好勇而上進的青年，很喜歡到馮那裡去「投軍」。有的是早已在軍中的叔叔哥哥叫他們去的；也有不少是哥哥戰死，而弟弟踴躍前往補闕的。當時，我便頗爲嚮往這位現代吳起了。

民國二十一年秋天，他在察哈爾隱居，忽然託請鄧西峰兄邀我到張家口他的寓所談談。那時候，我從法國回來剛滿一年，在清華、北大剛剛開始了教書生涯，還不是什麼值得爭取的名教授。也許西峰兄告訴了馮，外間知道不多，我的支援義勇軍的活動，以及我從民國十三年起就攀交了若干位曾經在孫先生身邊努力不懈的前輩。

何月何日，我想不起來，當天傍晚時分，我和西峰到達了張家口火車站，有人迎我們，偕往簡潔樸素的招待所。當晚馮請我們二人在他家中共進晚餐。

餐具是農村的粗瓷大碗，竹筷、粗瓷盤子。飯是小米稀飯，灰黃色的窩窩頭，菜是一湯三菜，兩葷一素。

餐時，先寒暄，後談法國的政經與學術的大概情形。我當時沒有感覺到他曾經是、而且仍舊是「暗嗚叱咤，千人皆廢」的「高里阿特」（Goliath）。

我問了他，這餐具是何地產品。他笑了，說：「跟我多年了。我到哪裡都帶著，用慣了，不是什麼名瓷，鄉下東西。」

餐後，我知道他有早睡早起的習慣，便立刻告辭。他送我到大門外，低著頭，我以爲他在做九十度的鞠躬，慌忙還禮，卻不料我鞠罷躬，抬起頭，見他仍在維持那九十度的姿勢，口中念念有詞。我也只好再度低下頭來，恭聽。

他口中念念的，不是禱告，而是對我朗誦的「謝詞」，他說：「謝謝黎教授，從很遠的北平來，看得起我馮玉祥，給了我很多指教。」

我毫無準備，只好做非常簡單的答詞：「黎東方十分榮幸，能夠拜見到馮先生這樣歷史人物，增加了對歷史的瞭解。謝謝，馮先生，祝你晚安！」

他於是也說：「祝黎教授晚安！」我們二人這才又互相鞠了一次九十度的躬，告別。酉峰兄也鞠了。

第二天一早，王祕書匆匆來到招待所，說：「馮先生請黎教授再去談談。我們這就去，好不好？」於是西峰留下，我和王祕書走向馮寓。我在他的客廳坐定，不是廳，而是一間不到九個榻榻米的房間（王祕書沒有留在客廳）。兩三分鐘以後，馮進入客廳。脫下他的便帽，掛在牆上，我這才看到了他眞高大。昨天晚上，卻不曾注意到。用魁梧奇偉四個字形容他，十分恰當。有人送進來兩杯茶，我們就打開了話匣子，這比起昨晚，似乎更親切一點。俗語說，一回生，二回熟。

馮說：「中國的事，真不容易辦。我一心一意，參加國民革命，蔣先生卻從來不把我當作自己人。」

我說：「馮先生，你的貢獻與你的委屈，將來的歷史上都會有公平的記載。舉一件事來說，倘若不是你做明明白白的表示，民國十六年的南京便不是武漢的對手。」

馮說：「黎教授，這個你已經知道？你確是歷史家。」

我說：「我知道的極少，而不知道的極多。例如，編遣會議破裂之時，你怎麼能夠離開南京，靜如處女，出如脫兔？」

馮說：「我早就留下了一艘小輪船，停在蕪湖附近。」

我又說：「人家稱你為倒戈將軍。你似乎不可不辯白一下。」

馮說：「那不是也可以留待將來的歷史家做公正的記載麼？」

我說：「我希望將來做一個這樣的公正的歷史史家，然而總是缺乏足夠的材料。」

馮說：「我寫了一些。」

說罷，他轉身出去，很快又回到客廳，手中拿了本《我的生活》。

馮說：「這是第一冊，第二冊等到印成了，再送請你指教。」

馮繼續說：「我的確是倒過幾次戈，不過我所倒的，是壞人，我倒他們，是為了革命。我在灤州，與施從雲、王金銘烈士等人倒清朝。我在瀘州，和蔡鍔取得聯繫，倒袁世凱。我在北京，受到孫岳大哥的鼓勵，倒曹錕。」

我說：「你也倒過蔣。」

馮說：「我倒不了他。是他先倒我。不是倒我，是打倒我。我做了什麼對不起國家、對不起蔣的事？」

我說：「馮先生，你與蔣由合而分，是國民革命的不幸，中國的大幸。」

馮說：「過去的，真是愈談愈沒有意思，今後，只要肯抗日，大家仍舊可以合在一起幹。」

談到這裡，客廳牆上的鐘已是九點。

馮說：「啊！到了我上課的時候。黎教授，我是個老學生呢。天天有先生來教我。以後歡迎黎教授常來張家口，咱們談得來，可以多談談。今天，我請王祕書陪你和西峰到大境門玩玩。大境門形勢值得看。它是名副其實的古戰場。」

於是，我向他向別。他又要送我到大門口，我堅持請他留步。於是走到二門，互相鞠躬而退（不曾再有謝詞與答辭）。

其後，他在民國二十二年發動了「察哈爾民衆抗日同盟軍」。那是石破天驚的壯舉，卻也幾乎「動搖了國本」。他本人於征服多倫城以後，接受朋友們的勸告，適可而止；他的部下方振武與吉鴻昌二人卻熱心得離了譜，企圖率部進入長城，襲取北平爲抗日根據地，被國民政府的軍隊擊潰（方振武是好人，革命先進，於民國二十五年冬天，在香港與我相遇。吉鴻昌於民國十七年，我在巴黎見過，是否好人我不得而知。他的某一部隊，在察哈爾二台，殺害了我的好友徐公圖與徐所率領的幾千位義勇軍幹部，爲了搶奪他們的槍與子彈）。

十三年後，在民國三十五年（一九四六年）的十月，我在從上海開往美國的輪船「邁格斯將軍號」，又遇見了馮。馮和其夫人及大小姐都在船上。途中幾十天，他常常從頭等艙走到三等艙，來找我與華羅庚，向我們說：

「你們都是國家的人才，不該坐三等艙。我馮玉祥是什麼東西，國家卻給錢坐頭等艙。這樣罷，你們上來坐頭等，我們下來坐三等。」

我們說：「馮先生，我們怎麼敢？馮先生你是前輩，你功在國家，我們是晚輩，書生而已。」

馮說：「你們與我同輩。這位，李政道？對，李政道同學，才是晚輩呢。李先生，你是學什麼的？」

李說：「不敢當，我怎麼當得起先生二字呢？我才只有二十歲。想到美國學物理。」

馮說：「你在國內是什麼學校？」

李說：「清華。」

馮說：「黎教授，你教過他？」

我說：「他可以教我呢。他進清華之時，我早就去了廣州，在中山大學教書了。教的不是物理，是歷史。」

在船上，馮與我們共同度過了二十幾天有趣味的日子。船上有人在四川江津與北碚聽過馮為了募捐支援抗日將士的演講，對他十分傾倒，要求他在船上餐廳，對大家做一次演講，他說：「你們應該先去請黎東方教授講。」他們於是來到我的艙裡，要我講三國故事。我說：「必須馮先生肯先演講，我才敢獻醜。」於是馮答應了先講。

那晚上，餐廳當然坐滿、站滿而且有若干懂得中國話的外國人，也擠在我們中間，或坐或站，到了講完才笑嘻嘻地散開。其中有一位向我用英文說：「我雖然聽不懂，卻分享了你們的快樂，和你們一同大笑，一同鼓掌。」

那也是我一生所聽到的最精彩的名人演講，比起顧維鈞在紐約華美協進會的一次英文演講，可謂異曲同工。顧的演講像歐陽修的文章，心平氣和，合情合理，字字鏗鏘，娓娓動聽，富於陰柔美，令我有「雖非女人，也很愛他」之感。馮的演講，像韓愈的文章加上文天祥的詩，既剛強而又有血有肉，有充沛的精神，兼浩然的正氣。

他在演講中說：「諸位，我們中國這一百年來，發生了許多事，哪一件事最重要？」然後，他停了一下，繼續說：「最重要的一件事，不是別的，是對日抗戰。誰領導了我們對日抗戰，直到最後勝利？蔣先生，蔣先生做了這樣一件天大的事，對得起國家，對得起全體同胞。

「有人批評蔣先生，說他本人很好，左右的人不好。左右的人確是有不好的，但也有好的。任何一個做父親的，兒女不能個個都好，任何一個人，伸出手來……」

說時，馮就伸出他的巨掌，張開五個既肥且長的指頭。他提高聲音說：「諸位，你們請看，任何人伸出手來，五個指頭長短不一，不能一樣齊、一樣粗。」

接著，大家報以雷一般的掌聲，有幾分鐘之久。跟著，又有許多的警語妙論，以及許多次的掌聲。

事後，我向他祝賀這一次演講的大成功。他笑著說：「你看，我能不能也賣票？」我說：「我第一個搶先來買。」

在他講了以後，某一天，輪到我講。那是我自從賣票講演以來，最賣力的一次，我如何敢在他表演以後，不使出渾身解數呢？結果如何，我不好意思「自我吹噓」。倘若當時在場的李政道博士，現在仍有興趣，我希望他肯於百忙之暇，賜予評估。

同船的，除了華羅庚與李政道一先一後兩位名震全球的權威以外，很多是一時之選。例如哲學泰斗馮友蘭、漫畫家葉淺予、舞蹈家戴麗蓮、地質學家李安宅、教育學家吳襄等等。

我們都請馮在紀念冊上簽了名，題了字，馮大小姐也要我在她的紀念冊上簽了名，題了字。馮大小姐現居北京，身體健康，吉人天相。我在此謹向她遙致敬意。

三十功名塵與土
一將功成萬骨枯

多少君臣將相，或開創帝業，或權傾朝野，或擁兵率軍，或擘畫改革；在太平與戰亂、興盛與衰亡中創造歷史，忠奸成敗，功過是非，留下不朽的功業和萬世的罵名。他們毀譽參半，褒貶不一，在謳歌讚揚與羞辱唾棄中擺盪，是可敬可愛，也是可憎可厭的爭議人物。

本系列的每本書以兩大部分呈現，第一部分為人物傳記，第二部分為是非爭議之處，針對爭議的主題來論述；因而不僅僅是人物傳記，它也是一部心理分析叢書，巨細靡遺地分析十二位在歷史上備受爭議人物的愛恨情仇及人格上的優缺點，希冀以歷史事實的敘述，加以探討，從中得到啟發。也讓我們逆向思考、反觀過去所讀的歷史，重新定義、評斷這些歷史人物的所作所為。

INK PUBLISHING
舒讀網
http://www.sudu.cc
洽詢專線（02）2228-1626
郵政劃撥 19000691 成陽出版股份有限公司

從前 12

華北霸王：馮玉祥

作者　張家昀
總編輯　初安民
叢書主編　鄭嫦娥
美術設計　莊士展
校對　呂佳真　林其煬

發行人　張書銘
出版　INK印刻文學生活雜誌出版有限公司
台北縣中和市中正路800號13樓之3
電話：02-22281626
傳真：02-22281598
e-mail：ink.book@msa.hinet.net
網址　舒讀網http：//www.sudu.cc

法律顧問　漢廷法律事務所
劉大正律師
總代理　展智文化事業股份有限公司
電話：02-22533362・22535856
傳真：02-22518350
郵政劃撥　19000691　成陽出版股份有限公司
印刷　海王印刷事業股份有限公司

出版日期　2009年 2月 初版
ISBN　978-986-6631-52-8

定價　280元

國家圖書館出版品預行編目資料

華北霸王：馮玉祥 / 張家昀著.
－－初版.－－台北縣中和市：INK印刻文學,
2009.02 面； 公分.--（從前；12）
ISBN 978-986-6631-52-8（平裝）
1. 馮玉祥　2.傳記
782.886　98000847

INK INK INK INK INK INK
INK INK INK INK INK
INK INK INK INK INK INK
INK INK INK INK INK
INK INK INK INK INK INK
INK INK INK INK INK
INK INK INK INK INK INK
INK INK INK INK INK
INK INK INK INK INK INK
INK INK INK INK INK
INK INK INK INK INK INK
INK INK INK INK INK
INK INK INK INK INK INK
INK INK INK INK INK
INK INK INK INK INK INK
INK INK INK INK INK
INK INK INK INK INK INK
INK INK INK INK INK
INK INK INK INK INK INK
INK INK INK INK INK
INK INK INK INK INK INK
INK INK INK INK INK
INK INK INK INK INK INK
INK INK INK INK INK

K INK INK INK INK INK IN
INK INK INK INK INK INK
K INK INK INK INK INK IN
INK INK INK INK INK INK
K INK INK INK INK INK IN
INK INK INK INK INK INK
K INK INK INK INK INK IN
INK INK INK INK INK INK
K INK INK INK INK INK IN
INK INK INK INK INK INK
K INK INK INK INK INK IN
INK INK INK INK INK INK
K INK INK INK INK INK IN
INK INK INK INK INK INK
K INK INK INK INK INK IN
INK INK INK INK INK INK
K INK INK INK INK INK IN
INK INK INK INK INK INK
K INK INK INK INK INK IN
INK INK INK INK INK INK
K INK INK INK INK INK IN
INK INK INK INK INK INK
K INK INK INK INK INK IN
INK INK INK INK INK INK